私の生まれた日

うたとことば

井上ハツミ

解放出版社

井上ハツミ

うたとことば

私の生まれた日

私の生まれた日

私は一九二七年四月八日、この世に生をうけました。四月八日と言えばいつもおシャカ様の誕生日ということでお寺様へ、アマチャをもらいにビンを持っていきました。それなのに自分の誕生日の日なぞ考えたこともなく、また祝ってもらったこともありません。解放運動に参加するようになって自分の生い立ちとか部落の中のできごとを思いおこし、つたえなくてはいけんと思って頑張って書きます。

私は昭和二年に、広島県東部の岡山県境に近い中条の、ある部落に生まれました。

両親は、私が生まれて間もなく、私を連れて岡山市に出て暮らすことになりました。

父の仕事は馬車引きでしたが、その父は、ある日、馬があばれて、車の下敷きになって死んでしまいました。父はまだ二十五歳で、私が二歳の時でした。

だから私は、父の顔すら記憶がありません。

夫を失い途方にくれた母は、私を連れて母の実家に帰って暮らすことになりましたが、何時までも実家で暮らすわけにはいきませんので、母は再婚することになりました。

しかし、先方の事情で私を連れて行くことができなかったので、私は、子どものいない父の姉の家に、養女にやられることになりました。

こうして私は、二歳の時に父に死に別れ、三歳で母にも別れなければならなくなったのです。

したがって、私がこれから記す父や母というのは、私を育ててくれた叔父や叔母のことです。

目次

Ⅰ　うた

アヒルがついてくる通知票　2
重たい荷　6
頭がいたくなる　8
母と子の識字　11
識字　1　12
識字　2　14
一枚の手ぬぐい　16
金ぴかの仏壇　22

こうりゃきびうまかったあ　30
糸取り女工　39
柿の木　52
門付け　61
ピカドン　69
名前の書けないお墓　81
手打ちうどん　90
三原熊　100

Ⅱ　ことば

たきぎひろい　106
エッタ風呂　110

先生の一言　114
下駄直し　122
私の青春　133
屑鉄ひろいの出会い　155
生命の重み　176
『私の生まれた日』に寄せて
金時鐘　高良留美子　直原弘道　野口豊子　196

装幀　粟津謙太郎

Ⅰ　うた

アヒルがついてくる通知票

お父さんが家にいる
何日かぶりに
学校にこれた
机の上で
教科書を広げる
なんページかわからん
横目でそうっと
となりの本を見て
うちの本を広げる
赤のせんやら

色々とぬりたくって
読みにくい
何人かでつかった教科書を
もろうたもんじゃけえ
もんくもいえん
先生が話していても
前のことがわからんのじゃけえ
うわのそら
早ようじぎょうが終らええ
五十分の授業が
なん時間もしているようじゃった

唱歌の時は

二、三回皆んなが歌うのをきいて
次からいっしょに歌う
先生のオルガンに合わせて
一人づつ歌うた時
うちだけ後まわしになった
歌いおわると
先生が
おしいなぁ声はええのに
フがわかっていない
学校休まんこうにこれんかという
私のお母さん病気じゃけえ
うちが見んとだれもいないから
そういうと

先生が
あ、そうと
たったこれだけの会話
それでも、うちは
この先生大好き
私に話しかけてくれたから

今日通知表をもろうた
わかっていても気になる
そうっとあけて見る
やっぱりアヒル《（アヒルのように見える乙のこと）》ばっかし
でも　唱歌は甲の下じゃった
オタマジャクシが

わからんのに
甲の下はうれしかった

重たい荷

ここに生まれて　せおった荷
何にもわからず　ひこじってきた
おこっても泣いても　おりてはくれん

こんな重たい荷　だれがつくったん
人間がつくって　人間におわせて
お前の責任と　なすりつけ
おこれば　こわいと言い返し
こんな重たい荷　だれがつくったん
うちが負けたら　よけい荷が重とうなる
好きになって　がんばらにゃあ
本当に好きになったら　気がねして
うちのかたから　おりてくれ

頭がいたくなる

今日は健康しんだんがある
また学校をやすまにゃいけん
いつもこの日はやすむことにしている
はだかになってズロースだけ
うちのズロースはへんな色
仕事でもらった米ぶくろ
米の字けすのに
うすいピンクの色にそめて
フトンのカバーにしてきた米ぶくろ
何年もワタをうちかえしないので

ワタは
あっちへいったり、こっちにきたり
フトンもカバーも
すぐにやぶれます
つぎの米ぶくろがもらえるまで
ひきつりひっぱってぬうのです
ふくろがもらえたら
古いカバーをとり
きれのつよいとこをよって
うちはズロースをぬうのです

へんな色のズロース
米の字ものこってる

人の前には、はいてでられない
夏の日なぞ
あせでうちのおなかは
ズロースのかたどおり
ピンクにそまってしまう
だから
休まにゃいけんので
頭がいたくなるんです

母と子の識字

一生けんめい書いたのに
やっぱりどこかぬけている
息子が
母ちゃんの字はもの分かれしとるというし
エンピツなめたらどくがあるとおどす
母ちゃんが書いても　きれいに書ける
エンピツはないかなあといえば
息子も娘もはらをかかえて笑う
私は本気で書いているのに
自分で書いたのに自分で読めない

これじゃあ他人様にはなお読めまい
母ちゃんこの字かっこええでといわれ
うれしくなって　手のひらに書く

識字　1

あいうえお
あの字は愛
いの字は命

あきらめの中で
ひとすじのあかり
生きることを　もとめて
たどりついた
識字
文字が読めると
世界が
見えてくる
文字が書けると
自分が
見えてくる
生きてきた
あかしをのこせと

おしえてくれた
識字

識字　2

このほそい鉛筆が私には
重くて重くてたまらんかった
じゃのにヤスリをもって金《かね》をする
ちいとも重うなかった

これだけしたら米が買える
貧乏はごめんだえっとうえっと《（たくさんたくさん）》うした
給料の時も役所へいっても
自分の名前かかんといけんつらかった
なんでここに生まれたんじゃろ
どうして学校へいかれんかったんじゃろ
文字をかけんことが恥だと思っていた
解放運動に参加させてもろうて
識字のことをしり文字をかけんのが
恥ではなく差別されてかくことを
うばわれていたことがわかった
識字は私に恥をかいて
生きることを学べと教えてくれた

一枚の手ぬぐい

電車にのって
窓から外を見る
次々とかわる家や畠
うかい駅、次は高木《たかぎ》
あぁ、もうついた
電車をおりて、眼科へ

二日に一度目を治すより
電車にのれることが楽しかった

二年生になったばかりの時
夜、父さんと母さんが
小声で話してる
「わしらぁ、仕事もつこうて
もらえん、じゃけん目が悪うても
医者にもいけん
じゃが、あの娘にだけは
こんな思いはさせとうない
三度食うもなあ
二度にへらしてもええ

あの娘の目を治してやらんと
親をうらむ時がくる」

学校から帰って
昼ごはん食べようやいうと
「先食《た》べとけ
わしらあ後で、食《く》うけえ」
うちが食べたあとにゃ
ナベのそこは
からっぽじゃった
ほかに食うもなあなかった
こんなことがあったのに
なさけなうて

涙がとまらんかった
もう電車にのらん
父さんも母さんもうちのために
食うものをへらして
目を治してやりたいといっている
電車賃は、行き帰りで四銭
医者が二銭じゃった

今日から二銭でええ
電車にのらん
歩く方が元気になるけえ
そういうて
二銭もろうて医者に行く

電車なら十分もかからんのに
身体《からだ》のこうまい《（小さい）》うちには
歩いて二時間もかかる

あつい日は
あせびっしょり
電車がとおると
横目で電車を見送って
「くそったれ電車なんかのうなれ」
一人でぶつぶつあくたいついて
家にもどっていた

父さんが

わしらがつこうた手ぬぐい
ハアちゃんにつかわせとった
これじゃ目は治りゃせん
だれにもつかわすないうて
うちにだけ
新しい手ぬぐい買《こ》うてくれた

目が治ってから
近所のばばんらが
銭がないけえ
目医者にいかれん
さかまつげをぬいてくれいうてた
父さんも母さんも

同じじゃった
なんで目が悪い人が多いのじゃ
トラホヲムになぜなるんじゃ
家族が多いのに
手ぬぐいがたった一枚

金ぴかの仏壇

仏器《（仏飯を供える器）》さんがころんでいる

また、やられた
「父さん
いつもネズミに
お仏飯を先にくわれてしまう
早よう板をうっちかんけえ
仏壇の中へ入るんじゃ」
うちは
ネズミに食べものを取られ
はらが立っていた
お仏飯おろしたら
うちが食べていたのに
父さんが
「あれも生きものじゃけえ

食わにゃ生きとられまあがぁ」
気のええことをいう
よその家の前をとおると
障子をあけて
そうじをしている
上座の仏壇が
金ぴかできれいじゃった
うちの仏壇は
うすい板を黒くぬっている
真正面にかかげている
あみだ様もくすみ
左右のおわき様も
少しやぶれて顔も見えん

それに
ネズミのやつが
あっちこっちと穴をあけ
供え物をしても
一寸のまに
ひっくりかえし
食べものをかじる
いくら穴をふさいでも
また、どっかに穴をあける
困った
ネズミです
よその仏壇は
夜は戸もしめられる

見るたびにうらやましかった
「父さん
銭ためて早う金ぴかの
仏壇うちの家にもおこうや」
いうと
「ハアちゃん長者の万灯より
貧の一灯じゃ心がこもっとったら
あみだ様が見とられる」と
父さん
夕方になると
台所にかけていた
電気をさげて仏間へ
一つの電気が

あっち、こっちと
移動する
父さんが仏壇の前に座って
ローソクと、灯芯に火をつける
ボーとあかるくなって
真正面のあみだ様が
少しきれいに見えた
父さんが
「キュミュムゥリョウジュニュウライ」と
本も見ずにお経をあげる
目の見えないばばんも
母さんもついてあげる
うちの声が一番大きい

父さんがお経をやめて
後ろを向いて
「ハアちゃんの声が大きいけぇ
わしゃつられてお経をまちがい
そうになる。もう一寸声を
こもうして、ゆっくり
ついてあげてくれぇ」いう
ばばんも母さんも笑っている
うちは
「そいでも大きい声でお経あげんと
あみだ様にきこえんじゃろう
早よう銭がもうかって
金ぴかの仏壇が買えますよう

おねがいしているんじゃ」
その時の父さん笑ってるのに
なんだか
さみしそうじゃった

いま、五十年目にして
金ぴかの仏壇の前に
すわると
あのときの
さみしそうな父さんの気持ち
少しわかってきた

こうりゃきびうまかったあ

ぼんが近うなったけえ
墓そうじにいこうや
子どもばっかりで
裏山へ
墓のもうり《（まわり）》の草とりにいった
うちの墓は
川原でひろったよせ墓で
文字がきざまれんような

こまい墓ばかり
ぎょうさんある
よその
大きな墓に負けんよう
きれいに草とって
がまんしてもらおうと
あせだくだくで頑張った

みんなすんだけえいのうや《帰ろうや》
細い道を一列になって
かえる途中
こうりゃ《とうもろこし》あきびが
ぎょうさんなっていた

てんでに二つ三つとった
うちも大きいのを
二つもとった

家にかえると
父さんに見っかった
そのこうりゃどうした
みんなもとったけえうちもとった
父さんが
みんなのせいにするな
墓そうじして良いことしたのに
かえりにゃ他人の畠のものを
ぬすむ

ごせんぞさまがないとる
そがあな悪いことする子は
うちの子じゃない
ちゃあんとあやまって
元へもどしてこい

畠まできたけど
どの木だったかわからん
こうりゃん
さしこんでみたけど
おちてしまう
他の木にも
さしこんでみたけど

やっぱりおちる
どぎゃあにすりゃええんか
わからん
本当にごせんぞさまの
バチがあたったんじゃ
かなしうて
こうりゃんもったまま
立っていた

近くで畠仕事をしていた
おじさんが
何時までそこに立っとるんじゃ
こうりゃんぬすんでかえったら

父さんに
バチあたりじゃいうて
おこられた
こうりゃん元のとこへかえさんと
家に入れてもらえん
もう悪いことせんけえ
こらえてください
泣いてあやまった
おじさんが
もう悪いことするなよ
みんな
あせみずたらして
畠の草とって

こうしてつくっとるんじゃ
こんどからどこの畠のものも
ぬすんじゃいけん
今日のことは大目にみて
こらえてやるけえ
そのこうりゃん
もってかえれ
もう一つだちんじゃ
いうてくれた
こうりゃん三つになった

家にかえって
父さんに話したら

正直者に神やどるじゃ
七りんで
こうりゃんやいたら
キツネ色になって
パチパチはじける
うまそうだ
父さんが
バチがあたったこうりゃんは
身にはつかんが
このこうりゃんは
ハアちゃんの身につき
ちえになるんじゃという
本当に

こうりゃきびうまかった

あの時
父さんが
何もいわずに
こうりゃん食べてたら
うちの身にはつかなんだ
おぼんが近づき
墓そうじに行くと
こうりゃきびのこと
思いだす
あの時のこうりゃ
本当に

うまかったなあ

糸取り女工

朝六時
父さんにおこされ
ねむい目をこすりながらおきる
母さんが病気になってから
父さんが朝ごはんの支度

母さんが昨年死んで
目の見えんばばんと三人暮らし
少し目の悪い父さんには仕事が無い
私が工場へ行くようになって
働いてもらうお金で生活している
白いまんま食べれんけど
米と麦半々で食べていた
上の方は麦が多いので
よけて先に仏飯をお供えして
うすい金の弁当箱にごはん入れ
おかずはいつも
さとう醤油でやいた牛のきも
私が食べている時

父さんは弁当つくってくれる
歩いて十五分、工場に入る
糸を染めているおじさんが
一番早く来て火をたいていた
朝は七時から、十二時まで
昼休みは一時間
一時から六時まで一日十時間仕事
はた織りのおばさんらは
一反織って何銭、上手な人へたな人
一ヶ月目には金銭の差がつく
絣の糸取りは
二十枚の板を手で廻し
真ん中にきちんと柄が合うと

きれいな柄になり
上出来の絣の品で高く売れる
私より一年早く工場で働いていた
朝鮮の金さんに糸の持ち方など
おしえてもらった
ていねいに手をそえて
柄合わせのこつを教えてくれた
昼休みの時
金さんのお兄さんが
なわでブランコつくってくれあそぶ
強くおされて高くまい上がり
こわくなって泣いたら
金さんがおこって

お兄さんをどなりつけていた
「ハッちゃん可愛そう」と
兄妹仲は良いのだけど
私のことになるといつも
金さんは私の味方だった
寒くなり手がこごえ
あか切れで糸が手の指にかかる
痛くて血がにじみでる
指にこうやくはったりして
一時しのぎはするが
どうしても指のきず口に糸があたる
あいと血で手は
変な色になっている

お正月前の十二月三十日
給料と別に金一封の袋をもらった
持って帰り父さんにわたすと
喜んでくれてうれしかった

正月四日工場に行くと
皆んな笑顔であいさつした
金さんのお兄さんにも
私が「今年もよろしく」声をかけたら
うなずいただけ
金さんが私のそばにきて小声で
「ハッちゃん、お金いくらもらった」
私は笑いながら言った

「日当五十三銭になって
金一封は五円入っていた」
淋しそうな金さんの顔
「うちは五十二銭の日当で
別の袋は三円入っていた」
私はびっくりして
「金さん、それはおかしいなあ
うちより一年も早く働いて
仕事だって良くできるし
社長まちがって
金さんのぶん、うちに入れたのかなあ
年だってうちが十三歳
金さん十四じゃろう

工場長にきいてみようか」
私と金さんが話していると
近くにいたおばさんが
私の顔を見て
首をふり口に指で言うなとあいず
目に涙をうかべている
金さんの顔を見て
私も何となく悲しくなった
その日
金さんの姉さんの夫がきて
事務所で社長と話していたが
お兄さんと金さんをつれて帰った
後でおばさん達にきいたら

「ハッちゃんらにはわからんじゃろう
金さんらは朝鮮人じゃけえ
朝鮮の国にいても貧乏で畠も無く
仕事も無いけえ日本に働きにきて
金もうけてまた朝鮮に帰るんよ
日本じゃ朝鮮人を安うつこうて
たすかるんよ」と話す
どうして同じ人間なのに
少し不審に思ったが
それでなっとくしてしまった
金さんのいない職場は淋しかった
学校にも行けなくて
友だちだって一人もいない

やっと金さんのような友だちが
できて楽しかったのに
年上の人ばかりで
私には話す内容もよくわからない
数ヶ月経った時
金さんの近くに住んでいるおばさんに
金さんがお嫁に行くから会いに行くかと
きかれて「行くよ、つれてって」
二人のおばさんについて行った
金さんの家には五、六人の
朝鮮の人が手つだいにきていた
座敷に上がれとすすめられあがった
二間だけの部屋の奥に

金さんがお化粧して
真っ白な朝鮮服を着て座っていた
私が大きな声で
「うわぁきれい金さんお嫁に行って
お婿さんがおこる人だったら
早う帰ってきいよ」言うたら
つれのおばさんに
「何ようるんこれから嫁に出る人に
早う帰えりとは、とんでもない事」
こっぴどくおこられた
金さんは笑いながら私の手をにぎった
手つだいのおばさんらは
声をあげて大笑いしながら

私ら三人にあま酒を出してくれた
少ししょぼくれた私に
金さんが
「ハッちゃん飲んで」と
あま酒を私の手に持たせてくれた
これが最後の別れだった
一年数ヶ月共に働き
あそんだり泣いたり笑ったりした
私にとって
金さんは初めての友だちだった

敗戦になって
何年目かの日金さんの兄さんに会う

「兄さん金さん元気か」きいたら
「妹の婿さん北じゃけえ帰った
今はどうしているか便りもできん」
兄さんは府中の近くの町に家を建て
子どもが二人いるあそびにきてくれ
と言った
「金さんの事わかったら知らせて」
忘れてはいない
寒い時あいにそまった手に
こうやくはったりしていた二人
糸取り女工

柿の木

家の裏に太さ九十センチの
柿の木が二階の屋根まで
枝を広げている
柿を取るのにちょうど良い
はっ葉がでて次に小さい
柿のめが出ると
あ、今年は柿がぎょうさんだ
毎日木をながめては

楽しみにまっていた
桶《おけ》の底にワラをしき
少し青い柿を入れ
ワラで柿をつつみこむ
あつくも、ぬるくもない
湯を桶に入れて
さめたらまた湯をわかし
入れかえる
湯があついと柿にきずがつく
早くいたむので
湯かげんが大切だ
五、六回すると
しぶがぬけて食べられる

かわをむき
おかずがわりにして
むぎのまんまを食べる
うちにとっては
最高なごちそうだった

ゾウリを売りに出て
家にかえったら
土建業のおじさんが
父さんに金をわたしていた
おじさんが帰ると
「いま柿をうった
今年ゃ全部売ったが、

づくし《（熟柿）》は取って食べてくれいうたで、
まあぁづくしだけでがまんせぇえ」
父さんがいう
うちは、ワラをもらって
もう少したったら
柿のしぶぬきをしようと
毎日毎日柿を見ては
楽しみにまっていたのに
父さんは知っていたはず
なのに全部柿を売った
はらが立って
口もきかなかった
土建業のおじさんちは

身内も多く、子どももも多い
毎日だれか来ては
屋根に上り
あっちじゃ、こっちの方じゃ
がやがや言いながら
屋根でづくしを食べ
ほぼろ《（ざる）》や、バケツに柿を入れ
持って帰る
大人が取っている時は
何とも思わんのに
うちと年が同じ頃の子だと
特別はらが立って見たくない
たき木を拾いに行く

家にもどると
父さんが
「ハアちゃんづくし取って食べえ」
はらが立っているうちは
「いらん、他人に売った柿
取ったらドロボウじゃ」
一年中で一番楽しみだった柿
父さんは
うちをうら切ったんじゃ
ぜったい口をききたくない

ないはずの米びつのふた
あけて見たら、米が一ぱい

麦びつにも米が一ぱいある
米にさわってみた
うちの家にはこんなに
ぎょうさん米があったことはない
父さんが
「ハアちゃん借金はろうて
これだけ米が買えた
来年からあ柿は全部売らん
ハアちゃんのぶんはのこすけえ
今年ゃすまんことした
むごい目にあわせた」と
父さんメガネはずして
涙をふいている

「母さんの病気も
米のまんまが食えんからじゃ
父さんが正しかったんじゃ
柿は毎年なる、
うちががまんして
米を買う方がええ」言うと
父さんが
「そう思うてくれるかあ」
また、泣いている

今日は親子で屋根直し
柿のはっ葉をおとし
割れた瓦《かわら》に

ブリキをさしこむ
他人の家じゃけえ
えんりょも何にもない
よう瓦を割ってくれたものじゃ
心で思うても
父さんが気にするけえ
口にださなんだ
早よう大きゅうなって
働いて米が買えたら
柿もうらずにすむ
でも
来年も柿がぎょうさんなって
米が買えて

うちも食べられるよう
おねがいしますと
柿の木をなでていた

門付

乳のみ子せおい
幼い娘の手を引き
かた手に三味線《しゃみせん》かかえた

母子づれ
門の前に来ると
三味線ひいて歌っている
そばで五、六歳の女の子
合の手入れてにぎやかす
となりのおばばが
ゾウリづくりの手を止め
一休みして行けと
仕事場へさそいこむ
何時も此所《ここ》に
四、五人集まって
ゾウリづくりと
愚痴やうわさ話に花さかす

旅芸人の一座で
あちらこちらの旅回り
夫が病で死んだため
一座は解散
文なしで母子で芸をして
生まれた村に帰るため
門付《かどづけ》しての口しのぎ《食べること》
野宿したりの旅だと話す
おばばはもらい泣き
そばで聞いている
うちら子どもに
今夜集まってこの母子の

芸を見にくるように
ぢげ内《（近所、村内。ここでは部落）》へふれて歩けという
うちらは、てんでに
ちらばって一軒一軒
大声だしてかけまわる

夜になると
おばばの家は大変だ
障子をはずし
上座も下座や納戸まで
ぎょうさん人がきて
座る所もない者は
外にばんこ《（夏のすずみ台）》まで持ってくる

三味線と歌に合せて
娘がおどる
合の手入れておどるしぐさに
ぢいやんもばあやんも
手をたたきながら
泣いている
おばばがザルを出して
心ざしをしてやってくれ
と言う
みんなてんでに巾着《きんちゃく》出して
三銭、二銭とザルに入れる
「姉さんの声はさびのきいた
声じゃが、のどをやられて

つらかろう血をはく思いで
歌《うと》うておる可愛そうにのう」
ぢげ内の者は金持などおらん
けど
みんなやさしい
他人のことでも我が事のよう
泣いたり笑《わろ》たりようする

うちは気になって
となりの仕事場のぞいたら
朝飯おえた母親は
下着を風呂敷《ふろしき》につつみ
娘にせおわせていた

乳のみ子はコタツでねていた
その子をせおっていると
おばばがきて
竹のかわにつつんだ
にぎりめしをわたし
野宿などしておると
姉やんの身体がもたん
たおれでもしたら
この子らがふびんじゃ
どこでもええ
雨風しのがしてもらえと
言うと
「夕夜はお金までいただき

あったかいコタツでねさせて
もろうてほんまに有りがとう
ございました」と泣いていた
頭を何べんも下げて
三味線持ってでて行く

うちは何んにもあげる物が無い
かめやの橋まで送っていった
女の子にサヨナラ言うと
サヨナラと笑って答えてくれた
橋をわたると
三味線の音がして
門付母子は

見えなくなった

ピカドン

八月六日、今日も
五十数年前の日のように
あつい日が照りつける
日頃は忘れがちなのに
八月になると

あの日の事がよみがえる
昨日の事のように

広島にピカドンがおち
火事になって大変らしいとの話
八月八日、福山が空襲をうけて
私はバスの助手
ワラジやおむすびを
福山駅まではこんでいた
九日に長崎にピカドンがおち
大きな爆弾で全滅だと聞かされる
色々と乗客の話を聞いて
日本は負けると思った

父さんの身内はほとんど
広島に行って住み、働いていた
近所の家の人も広島が多い
毎日のように広島の話で
ごった返している時に
次々と着の身着のまま帰ってくる者
十日近くなって
父さんの妹家族が帰ってきた
顔は真黒　髪はばさばさ
風呂敷包みを持って
家に入ると
「兄やん、兄やん、もどってきた」
伯母さんは声をあげて泣きだす

従姉妹も泣きだし座りこむ
父さんも泣きながら
「よう生きて帰ったのう
早う上がって横になれ」
こうして伯母さん一家七人
私の家族は父と義母と私の三人
十人の生活が始まる
従姉妹たちの話で
ピカドンがおちた後は
此の世の地ごく　家の下で
たすけてくれとさけんでいる者
人がもえている
どんどん火が近づいて、声を聞きながら

自分がにげるのにせいいっぱい
たすけてあげる事もできなんだ
黒い雨がふって
やけのこった家のそばで
身をよせあって生きてきた
府中へ早く帰りたいと汽車の乗りつぎ
歩いて帰ったと話してくれた
三ヶ月前に二箱荷物を送っていたので
たすかったと言っていた
中には着物ばかり
勝ちゃんのが多かった
日本舞踊を習っていたので

末娘の勝ちゃんは三歳の時から
舞踊の名取になって身を立てると
習い事をさせていたので
特別親姉兄弟から可愛がられていた
戦争がはげしくなって舞踊どころか
学校に行っても家のとりこわしや
工場のかたづけに毎日出されたという
伯父さんと長兄の二人は
時々、広島へ帰っては
家の後かたづけや
寄せ集めの板などで
雨風がしのげるようにして
住めるようにし

伯母さんらが広島へ帰る事になった
一年近く私の家にいたので
情けもうつり泣きながらの別れだった
勝ちゃんからの便りで
何とか中学に行けて
舞踊も習い始めたと書いてあった

勝ちゃんは十九歳
結婚すると言うので
父さんと私が行った
伯母さんが
「昔、庄屋じゃと言われた
大地主で、すごい家じゃった

相手の両親もきて頭を下げて
どうしても息子が
勝子さんと結婚したいと言うし
相手も『ぜったい勝子を幸福にする』
言うので、勝ちゃんもその気になり
嫁に行くと言うので、きめた
府中におったんじゃ、とっても
行けるような家じゃない」
自慢げに話す

三年後に「勝子死す」の電報
私が行く
お通夜の席で、話を聞く

身内の者が
「何であがあな家に嫁にやった
つれにこいと言うので行ったら
本家もはなれ座敷も大きいのに
牛小屋のとなりの倉に
二枚の畳、うすいふとんにねかされ
ぼんの中にゃ
めしとミソ汁、つけ物二切れ
めしは　かとうなっていた
たんかに乗せて
『つれて帰るけえ、婿さんに一目
会わせてくれ』言うたら
母親がでて

『鍬も持てんような嫁は百姓にむかん
一人息子じゃ、肺病がうつったら大変じゃ
それに、家柄が悪いと言うたに
若いけえ親の言う事もきかなんだ
早うつれて帰ってくれ』
奥へさっさと入りやがった」

他のお姉さんが
「勝ちゃんがたまに来ても火鉢に
手を出す事はなかった
あか切れとしもやけで
手をかくすようにして泊まる事もなく
早く帰って行った

きれいな手して扇を持って舞っていたに
伯母さん何で気づいてやらなんだ」
泣きながら伯母さんが
「だめじゃと医者に言われてせめて一目
婿に会わせれば元気になると思って
電話したがくるとは言わんかった
『あんなはく情なやつ』と言えば
勝ちゃんが、『あの人は悪くない何時も
私をかばってくれた、身体の弱い私が
悪い』と、一言も婿を悪う言わなんだ」

相手の親は
勝ちゃんを結核だと思い

一人息子にうつったらの親心
帰って病院につれて行くと白血病
勝ちゃんは身体が弱いのじゃない
原爆による白血病
あくる日のそう式にも
勝ちゃんの愛した夫はこなかった

伯父伯母従姉妹たちもがんで死亡
何回か法事に参ったが
扇を持って舞ってる勝ちゃんは
十九歳のままの姿で美しく
写真の中で笑っている
原爆は罪のない多くの人を殺し

今も苦しみはつづいている
どんな美名をつかおうとも
正義の戦争などありはしない

名前の書けないお墓

四歳のとき母さんに連れられて
母さんのうまれたところ
中条のお墓に参った

しきび三束をかかえ
線香一束をポケットに入れて
両方に池があって真ん中に細い道
母さんの手はなさんこう《（離さないように）》ににぎり
少し歩いていたら
また左の方に池があり土手が見えた
その土手を通って右の細い道をおりる
母さんが「おじやん、元気かい」と
土間に入ると
おじいさんがこたつから「コン、コン」と
たぐりながら「おぉフジノか」と
ほうて出た
「あぁこの娘が善さんの娘か、可愛やのう」

私《うち》の頭をなでながら泣いた
井戸水を入れたおけをかついで
兄《あん》ちゃんが大きな水がめに入れにきた
おじいさんが「善さんの娘じゃ、もちをやいて
食べさせてやってくれ」というた
兄ちゃんはほうろくなべをくどにおき
たき木に火をつけもちをやいてくれた
お茶を入れおぼんにやいたもちをのせ
「食べんさい」いうて出してくれた
「あんちゃんありがとう」いうと
頭をなでてくれ笑いながら出て行った
うちはもちを一つ食べたが二つめは
手がだせんかった

うちも貧乏じゃがおじいさんの家も
貧乏のようじゃったあ
壁はおちかけ雨もりの跡も
おじいさんの袖なしはわたが出ていた
「もち一つじゃいけん、もっと食べぇ」と
うちにもちを二つにぎらせた

裏の戸を開けると墓がいっぱい
ほかの墓は名前が書いてあるのに
うちの墓は名前も書けん
こうまい石ばかり
川原からひろうてきたんじゃろうか
花立ても線香立ても無い

しきびも線香も土の上にさしこむ
おじいさんとこでもらった水をかける
「おじゃん、たっしゃでな、またくるけえ」
母さんはおじいさんに頭を下げて家を出た
身内がおらんけえほかに寄る所も無い
母さん墓参りの道中いつもかなしげに
言うとった
上の姉が身体が弱うて嫁ぎ先からもどされ、
ねとっても銭が無いけえ
医者もきてくれん見殺しじゃった
兄やんは親が患うても
医者にも見てもらえんのじゃなさけない
わしは親孝行したいけに

移民船でブラジルへ行って
お父《とう》やお母《かん》に孝行するいうて
兄やん十五でブラジルへ行った
半年目に銭送ってきた、じゃが
熱病にかかって死んだと便りがあった
お母んが土手に上がっちゃ泣いとった
銭はいらんけえ、この銭で船に乗って
帰ってこい
池の向こうに見える道に向かっちゃ
泣いとった
お父もなあ仕事しとうても
どこもつこうてくれんのじゃ
どんなつらい仕事でもさがしていた

身内でもないのにおじやんようしてくれた
わしらは、おじやんの土地かりて
となりへ小屋を建てて住んでいたんじゃ
お父の仕事も世話してくれたりして
おじやんとこもあまり楽な暮らしじゃない
そんでもなあ、いっしょに泣いてくれた

うちが一年生になる頃
母さんの身体が、病気がちで
お墓参りもできんようになり
うちが一人で墓参りするようになって
両方に池があるとこは恐く心細かった
しきびと線香をしっかりにぎりしめ

泣きながら歩き
土手が見えるとうれしかった
でもおじいさんの家はこわれて
おじいさんはいなかった
二度目に墓参りしたとき
おじいさんの家はあとかたも無く
もう会うことは出来ないのだと思い
じっと立ち止まったまま泣いた

二年前、私が住んでいる地へ
小さいながら墓を建てた
神辺町中条、藤原家の墓
事故で二十五歳で亡くなった

父善太郎の娘井上ハツミ
建立と刻む
十二月七日　識字の先生と私の生まれた地
中条へ行った
無縁仏の墓へ
ローソクと線香を立て
一握りの土をもらった
地上げをして村も墓地も良くなっていた
私を育ててくれた養母フジノ母さん
ハツミ、ハツミと呼びながら
若くして亡くなった父善太郎
此の地で生まれた私
言い知れぬさびしさを胸に

さよならとつぶやいた

手打ちうどん

トントン、トントン
うどんを打ってる音がきこえる
ばばんがいう
「うどん打っとるんじゃのう
良《りょう》に食わせてやりたいが

うちにゃうち打ち手がおらん」と
母さん病気でねたきり
弱って力がないけえ
うどん打つのはむり
たまに近所のばあやんが
どんぶりに一ぱいくれる
家族四人で
分けおうて食べる
うどん好きな父さん
分けたら一寸しかない
ばばん
うちが手打ちうどん
習うて打つけえ

どうすりゃええかのう
ばばんは
首に巾着ぶくろのひもをかけ
ふところから袋を出して
銭《ぜに》をさすりながら六銭出し
あげ一銭、とうふ半丁で一銭
うどん粉四銭を買うてもどる
ばばんはシヲ水をつくれ
海の水よりからめじゃと言う
ばばんは海も見たことないじゃろう
うちも海は知らんし
どのくらいからいかわからん言うと
しおは海から取るじゃろう

じゃけんかげんしてつくれと
ばばんが言う
目が見えんから
手さぐりで
あぁじゃ、こうじゃと教えてくれる

からだもこうまいし力もない
なかなか粉がこねられない
布切れをかけてふんでも
うまくできない
あせびっしょりで
つくったうどん
あつい湯に入れてゆがくと

長いと思ったうどんが
切れて五、六センチぐらい
あんなに頑張ったのに
こぎゃあに《（こんなに）》みじこうなって
父さんがっかりするじゃろう
もう、手打ちうどん打たんと思った
父さんがもどってきた
丼にうどん入れてだすと
うまそうに食べて
おかわりまでする
「父さんうどんこもう《（小さく）》なって
ごめん、むりして食べんでもええ」
いうたら

「ハアちゃんがこうまい《（小さい）》身体で
わしに食べさそうと一生けんめい
打ってくれた手打ちうどんうまかったぞ
心がこもっとったけえ」
うちはうれしかった
父さんがよろこんでくれて
こんどはええうどん打とうと思った

父さんの仕事は人が死ねば
かんをかつぎに行く
仕事が終って家にもどると
「今日の死んだ人は重かった
四人でかつぐのだが

わしがせいがひくいでよけい
かたに重みがかかっていたかった」
かたを見ると大きなかたいこぶができて
いたそうじゃった
毎日は仕事がないので
父さんが上ばきぞうりをつくり
うちは町へうりにでていた
うれない時もあった
学校に行きたいと思ったけど
教科書がないし、どんな勉強して
いるのかもわからないのでだめだと思った
ぢげ内の子守をたのまれたり
目の悪いばあやんの

サカマツゲぬいたりして
時どき一銭、二銭のこづかいもらう
六銭たまったら
父さんが仕事に行った後
手打ちうどんを打つ
時には一銭もって店の前に立ち
あめ玉買いたいと思ったこともある
かたに大きなこぶができても
痛いのをがまんして
仕事に行く父さんの姿を見ると
よろこぶ父さんの顔が見れるし
病気の母さんもうどんなら
少しは食べてくれるから

うどんを打つとはいわずに
あせびっしょりで
長い手打ちうどんをつくろうと
頑張っていた

あれから六十数年
今でもぢげ内では法事とか祝事に
いつも手打ちうどんを打っている
今でも私は毎月二、三回は打つ
学習会など先生はよろこんで食べ
「井上さんのうどん心がこもっている」
そう言われると
八歳の時から習って打ちだしたうどん

五、六センチのこうまいうどん
父さんがもうええ打つなと言っていたら
私は手打ちうどんをせんかったろう
心がこもっとると言われて
打つ気にさせてもらった
冬はあったかうどん
夏は冷しうどんと
解放文化祭には遠い所から
手打ちうどんじゃと言うて来てくれる
識字生の詩や手芸など見てくれて
また来年も食べにくるというて帰る
うどん、たかがうどん
でもこの手打ちうどんにゃ

あったかい心がこもっている
次の世代につなげていく
消してはならない
食の文化の手打ちうどん

三原熊

熊伯父さんは
どひょうし《（とんでもないこと）》をしては

人を笑わす名人だ
土方仕事で七人の子を育て
息子も娘も社会人
時どき内証で小遣いもらい
ちいた《（少しは）》あぜいたくしたいと
タバコもすわんのに
ライターとケースを買うた
それを後取り息子にみつかって
取りあげられてしもうた
こんどこそ取られてたまるかと
熊伯父さんは考えたと
金《きん》の入れ歯にしたら
息子も

ようもぎ取らんじゃろうと
人一倍口の大きな熊伯父さん
大口あけて笑うたら
まるで獅子の口のようじゃった

ある日熊伯父さんは
嫁ぎ先の娘に会うため
三原から船にのったそうな
住所を書いた手紙をふところに
船が動きだして気がついた
ふところに入れた住所書きがない
伯父さんはおおあわて
船頭さんにきいたと

「わしの行き先はどこじゃろうか」
それをきいた船頭さんびっくり
「そりゃ困った」
熊伯父さんがいうた
「わしの方がよっぽど困っとる」
船頭さんが船のお客に相談し
わけを話していたら
娘の嫁ぎ先の島の人がいて
無事に娘のところへついたと
字をしらんけえ
どこにいくのも苦労をした
そんでも
生きていくためにゃ

時にゃ、笑いでごまかすでぇ
貧乏神も
はだしでにげていきようる

それからは
ぢげ内のもんが
どひょうしすると
三原熊じゃと
笑いのねたになりました

熊叔父さんは
私のお父さんの兄です

Ⅱ　ことば

たきぎひろい

夏がすぎ、少しはだささむさを感じる頃になると、数人の子どもが集まって「明日は日曜日じゃけえ山へ行こうや」という話になる。そして、あくる朝には、十二、三人の子どもがてんでにナワを持って集まり、府中中学校（現在の府中高校）の裏をとおってお稲荷さん目ざしてのぼっていく。

下から見上げると近くに見えるけど、のぼるとけっこう道はくねっていて時間がかかる。

初め頃は歌を歌ったり、おしゃべりをしているが、だんだん口数も少なくなり、「ハア、ハア」とかたでいきをするようになり、一寸休もうやと誰かが言えば皆んなそれにしたがう。

「もうお稲荷さんが近くに見えるけえ早ようういこうや」といえばまた元気を出

してのぼる。

山のてっぺんにお稲荷さんが奉られていてそのお堂に弁当をおき、少しでも枯れ枝の大きいのを見つけようとして、われ先にと裏山へ入ってゆく。

こうして、うちらの方の子どもは休日になると、山へ行った。

山へ行くのは小学生だけだ。ほとんどの若者は上方へ働きに行っていて、上の学校へ行っている者はいない。

冬休みになると、毎日大勢でゆくので枯れ枝も少なくなっていて、裏山をこえて、もっと高い上山をめざして枯れ枝をひろいにゆく。

大きな枯れ枝がぎょうさん見つかると、他人に知られまいとして、呼ばれてもきこえないふりして頑張って枝をたばねた。

いくらうろうろしても枝が見つからない時は、大きな声で誰かを呼んでみる。

声がした時は枯れ枝が少ない時だ。

上山の広場まできたんじゃけえ荷ができんと帰れんからと、時間をかけてみんな頑張った。

ひろった枯れ枝は、のこさず束にして持って帰らんと、次にきた時はなくなっている。

あまりよくばって荷をして、立てられない時もあった。そんな時は何人かに手をひっっぱってもらい、ひょろひょろしながらあるいたものだ。

家に帰った時、お父さんが、こまい身体してよう頑張ったと喜んでくれるのがうれしくってまた頑張らにゃあと思った。

たまに大人が行った時、大きな木がたおれていると、オノで手ごろの長さにして山の下までおろし、くらくなってから家族で取りに行った。

お父さんに、「どうして、くろうなって行くん」と聞いたら「山番に見つかるとめんどうな事になるから。そいじゃがこまい枯れ枝なら、山をそうじしてくれると思って、おお目に見てくれるんじゃ」といわれ穏当に安心したものだ。

上山の広場まで行って帰る時は、とってもしんどかった。だから、お稲荷さんのところまで帰るとひと休みする。

お稲荷さんの横の小さいお墓が、落ち葉にうもれて淋しげだった。昔、女の人が、遠くから売られてきて勤めがつらくて此所までにげてきて死んだと聞かされていたので子ども心に可愛そうでたまらなかった。

裏山の谷へおりると、谷水が流れているのでくみにゆきますが、谷のまわりは木がしげっていて、昼でもくらく、じめじめしていて気持ちも悪く淋しいので、二、三人で行った。

くんだ水は、一番にお墓にあげてから、後はほしい者からのんだ。

お堂から下を見ると府中の町がきれいに見え、真下の府中中学校のグランドの広さに「やっぱり大きいのう」と感心した。

時にはお稲荷さんの太鼓をたたき、「今稲荷さんまで帰ってるんじゃ」「家のもんに聞こえんかのう」そうしたら下までむかえにきてくれるかも知れん、といって交換して太鼓をたたいたものだ。

エッタ風呂

はだか電球が一つ、湯気でボーとしてあたりを照らしている。すみの方にいる人の顔は見えない。十人ぐらい湯船の中と外にいる。

町の風呂にはめったに入れないから、たまに大きな風呂で湯がザブザブとつかえるのがうれしくて、つい大きな声を出してはしゃぐので、よそのおばさんにおこられる。

それで少しの間おとなしくしているが、また騒ぐので風呂からあがった時、そのおばさんは、番台のおじさんになにやらグチグチと言いながら、うちらの方へあごをしゃくっている。

帰りぎわに番台のおじさんが、「あの奥さんが、ようさわぐといっておこりょ《（おこって》うてけえ《いるから）》、これからは、風呂へきた時にゃおとなしゅうして入るんで」といわれた。うちらの方は、家に風呂があるのは四十軒中二軒で、その二軒の風呂も身内の人が多くて、もらい風呂するにも、おそくなってからでないと入れない。だから、待ちくたびれて寝てしまうことがおおく、子ども心にも、町の風呂は最高のぜいたくでした。

どうした事かその町風呂がやめてしまいました。

お父さんや、近所のおじさんらが話していたのを聞くと、何年か前はこの方の者は風呂へ入れてもらえんかったらしい。

水平社の運動が始まってから、差別について話しあいをするようになったので、うちらの方も風呂へ入れるよう、かけあったら、町内の人が入ってから後な

らよかろう、という事でうちの方も町の風呂へ行かれるようになった、が
そのうち「同じように金をはらうのに、なんで後にしか入れんのじゃ、差別じゃないか」というたら、風呂屋のおやじも困ったらしいが、「それもそうじゃ」と言う事になり、それからは、一番風呂に行く者もいたので、町のもんが、「武安の風呂はエッタ風呂じゃ」と言われるようになり、そのうち町のもんは風呂へこんようになったそうな。

うちらのもんが町風呂へ行くというても、仕事もさせてもらえんから金も入らんし、そいじゃけえ風呂へ入るにしても毎日はゆけん。

良いもんが着れんけえ、せめて身体ぐらいたまにゃ風呂にでも入って、さっぱりせんと、といったぐあいじゃけえ、風呂へいく人数もようけいは、いきようらんかった。

町のもんが、「武安の風呂はエッタ風呂じゃ」というて行かんようになったけえ、つぶれたんじゃ、気のどくなことじゃが、しょうがないと話していた。

数年たってから生活にゆとりがもてるようになると一番に風呂をつくる家がふえた。

武安の風呂の事もわすれていたが、武安の息子さんがタタミがえの仕事をしていると聞き、エッタ風呂のいきさつを知っている、うちらの支部の人は、若い者に言いつたえて、
タタミがえの仕事がある時は、出来るかぎり武安でしてもらうよう話していた。

昨年、私の家もタタミがえをした。その時武安のおじさんに、エッタ風呂の話をしたらおじさんは、こう話しをされた。

「うちのおやじは、風呂がつぶされた時、きたない世の中じゃ、同じ人間どうしでバカにせにゃいけんのじゃろうかと言うとった。

風呂はつぶれたけんど、わしらが、タタミがえの仕事を始めると、ここらの人が一番に仕事をさせてくれるようになった。

こんなにやさしゅうて、情の深い人を、何時まで差別すりゃあ気がすむんじゃ

ろう、とわしゃ皆んなに話しをするようにしている」と話してくれた。

差別されたことがないという若者に、語りつづけたい。エッタ風呂を。そして思いやりを。

先生の一言

うちが五年生の時（一九三七年）じゃった。

たまにしか学校へいけんので、どの授業もついていけず、授業中はただすわっているだけの毎日じゃった。

でもソロバンの授業だけはみんなに負けずについていけると自信をもっとった。ぢげ内で至誠塾へかよっているお兄さんが、夜ならソロバンと習字を教えてやるといわれ、何人かで習うことになり、うちは筆がないので、お父さんのソロバンをかりて習いにいっていたからだ。

うちの家族は四人。お母さんは病気がちで、うちが四年生になったころは、ほとんどねたきりじゃった。八十歳になる目のみえんばばんがおったが、お母さんのせわはできんので、うちはお父さんの仕事のない時だけ、学校へいけた。

お父さんの仕事は、そうしき人夫といわれ死んだ人のかんをかだいて《かついで》、火そう場までいっていた。時期の悪い時は、人がよく死に、お父さんは毎日のように仕事にいくので、うちは学校へいけんかった。

昼は家でせんたくをしたり、お母さんにおじやとかおかゆさんをたいた。スプーンで口へもっていってもお母さんはあまり食べてはくれん。うちは青白くやせているお母さんの顔をじいっと見ているだけじゃった。

夜はお父さんがいるので、うちはソロバンだけは毎週三日間休まずに習いにいけた。

四年生になると、算数でソロバンをするようになったので、授業がほんとうに楽しかった。

二学期の終わりに、学年別にソロバンのきょうそうがあり、うちは三等になって、天にでものぼれるほどうれしかった。

何日かたって、講堂に集まり、今までにせいせきの良かった者が賞状をもらう事になった。

書き方とか、絵の上手な者なぞ、何時もクラスで勉強の良くできる者が多かった。

その中にうちもまじっているので、うれしくってえらくなったような気分じゃった。

大ぜいの前で「珠算の部三等、藤原ハツミ」といわれた時は、むねがドッキンドッキンして、ふるえが止まらんかった。

大きな声で返事をしたつもりじゃったが、声がでんかった。

賞状をもらって家にかえる時は、どぎゃんにいうてお父さんをよろこばそうか、そればかり考えながらかえった。

お父さんに賞状をわたしたら、すごくよろこんで、「ようがんばっとったけんのう。すみお兄ちゃんにもっていって見てもらえ、よろこんでくれてじゃけえ」いうちゃった。

お兄ちゃんはとってもよろこんでくれちゃった。「これからもがんばれよ」いうた。

お兄ちゃんのお父さんも、「うちの息子が他人様におしえるほど良うできるとは思わんが、学校へいかれんもんに教えられたら、ちいたあ世の中へ出ても足しになろうし、息子も教えにゃいけん思うて学校で本気で頑張ってもどるけえ、ええことじゃ一石二鳥じゃのう」いうて、よろこんでくれた。

お母さんは悪くなるばかりで五年生になると学校にいけんことが多くなり、五日、六日という月がつづいた。授業はよけいにむつかしくなり、どの授業もわからず、ただ、みんなのことばかり気になって、右をむいたり左を見たり。みんな書いている、うちはどぎゃにすりゃええんかわからん。「わかったもんは手を上げい」と先生がいうと、「ハイハイ、先生」大きな声で先生にあててもらおうと手を上げている。

うちはわからんのじゃけえ手をあげても答えられん。たまに手をあげても一度もあててもらったことがない。

学校へいくのがだんだんこわくなっていく。

それでもソロバンの時は休みたくなかったし、お父さんにむりをたのんで学校へいかせてもろうた。

うちの学校は、五年生から分校の生徒も本校へかようので、四年生の時は三十

五、六人と人数も少なかったが、五年生は一クラス五十人と多くなっていた。とにかく、五等までに入ったら賞状がもらえる。じゃけえ頑張って賞状もらえるようにしようと思った。

ソロバンのきょうそうの日がきた。

その日は休まずに学校へこれたので、一生懸命ソロバンをいれた。終わってから成績が発表されて、一番二番はきまったが、三番が同じ点で、うちともう一人の女の子だった。

三位決定は放課後にすることになった。

授業が終わり、当番のそうじがすむまでろうかにでていたら、先生がうちのそばにきて言うた。

「藤原お前は学校をよう休むし、授業中もきょろきょろおちつきがない、ソロバンの答えもだれかのを見たんじゃないか」

「え、なんで。見とりゃせん、ちがう」といいたかった。「うちお兄さんに教えてもらいようるんじゃ」いいたかった。でも声がでんかった。

ただなみだがでて止まらんかった。

先生はなんにもしらんくせに、うちの家に一度もこんくせに、うちらのことなんにもしらんくせに、と思うと、はらがたってたまらんかった。

三位決定のきょうそうがはじまっても、なみだがホホをつたい、ソロバンの玉がかすんで見えんかった。

うちは手をうごかすだけで、ソロバンはいれんかった。

すんでから先生が答えの用紙を見て言うた。「やっぱりできんじゃないか。きまりじゃけえ四等はだす」

いらんわい、白紙でだしたんじゃけえ、もう二度とソロバンをせん、どうせやってもうたがわれるんなら、賞状なんかもらわんでもええ、思うた。

数日たって、近所の子が賞状をもってきてくれた。

ちっともうれしくないし、お父さんにもソロバンで、きょうそうしたとはいってないから、ごはんをたく時、くどの火の中へこもうにやぶいてもやした。チロチロともえた時、かなしかった。

先生に、なんでソロバンだけできるんならと聞いてほしかった。うちの夜はお兄さんとこいって習ってるといえたのに。

それからは一度もソロバンもたんかった。

だからますます学校はうちから遠いものになっていった。

早く学校やめて働きたい、お金をもうけてお母さんにくすりをかってあげたいと思いつづけた。

五年の終わりにお母さんは死んだ。じゃけえ学校には休まずいけるようになったが、六年はよけい勉強がむつかしく、一時間の授業は、針のむしろにすわっているようじゃった。

勉強したいと思って、先生の姿をおいもとめても、どうせできない子として無視してきた子に、先生の目はとどかんかった。

どの先生も教えてはくれん、学校なんて大きらいじゃ、先生もきらいじゃ。

卒業の時みんな泣いていたけど、うちは、もう二度と学校なんかこんぞ、見たくもないと、うしろもふりむかずに、さっさと校門を後にした。

下駄直し

父さん母さんのことと下駄直し
ちげのおばさんらにまじって母さんも、さんようづき（地がための道具）で、ナワをひっぱっている。

どこかに家を建てると、家の土台《（地がため）》をつくるため女の人が、やとわれていた。父さんは、ぢげ内の中で、やとわれて、イオウでさらした、ぞうりのかたを直していた。

やっぱし仕事がないので、下駄直しをすることになり、仕事をもらいに町中をあるくことになりました。

すてるという乳母車を、もらって帰り、赤や白黒のひもをたくさんもって、一けん一けん下駄やはなおの直しをもらいました。

母さんは字をしらないので、直しの多い家のひもは長く、少ない家のはみじかくして、色とか長さまでまちがわないようにしていた。

すてるような乳母車なので、ゴムのワがコマからはずれたりして針金でくくったり、道中針金もなく、ナワをひろってまきつけたこともあった。

また、寸の合わないコマをもらって車につけたら、カタコトカタコトへんな音がして、車をおしたら方向のちがう方へむくので困りました。

うちが五歳の時、母さんは妊娠しました。

それまで一度も妊娠したことのない母さんが妊娠したので、近所のおばさんらが、せらい子《（貰い子をした後に生れた実子）》ができると話していたが、うちにはなんのことかわかりませんでした。

あるさむい朝、母さんは、はらがいたいと苦しみだし、産み月より早く女の子を生みました。

赤ちゃんは死んで生まれたので、母さんはとっても苦しんで大変でした。

ユキコとゆう名前をつけて、父さんがお経をあげて、じげのおじさんらが何人かで、火そう場へやきにいきました。

母さんはそれから一度も妊娠しませんでした。

父さんも母さんも悲しそうでした。

その頃うちは、近所の友だちとあそんでいてもけんかになると、相手には兄ちゃんか姉ちゃんがいて勝ち目はなく、先に泣いて帰ることが多かったので、うちも兄ちゃんか姉ちゃんがいたらけんかしても負けんのにと思っていたし、兄弟げんかしても後はにぎやかに笑って楽しそうでしたので、うらやましいと思っていたので、赤ちゃんが死んで生まれたのはとっても悲しかったです。

母さんは赤ちゃんが生まれる日まで直しの仕事をもらってあるきました。直しの仕事もらって帰ると、あくる日一日かかって直し、次の日にはもってゆき、お金をもらって、次の仕事をもらうようにしていた。

母さんは真っ黒の長いかみをたばねて、元気そうだったのに、赤ちゃんを生んでからは青い顔をして病人のようにみえました。

それなのに、四日目にはうちをつれて、仕事にでるのです。

「これをもっていってお金をもらわんと、米がかえんけえ」とゆうて。

いつも仕事をくれる、おばさんに、「姉さんよ、いつ、産んだんや」ときかれて、母さんが、「今日で四日目で、死んで生まれました」とゆうと、そのおばさんが、「まあこわい事じゃ産後は気をつけんと生命取りになるけえ、早ういんでねとりんさい」とゆうちゃった。

母さんは、早々にかえって、ねちゃった。

あくる日からは、前と同じように町にでるようになりました。

直しの仕事が少ない時は、いろいろな仕事をさせられた。

みぞそうじとか倉の中のいらん物をすててくれとか、よごれてきたない仕事も、母さんは、だまってしていた。

仕事のだちんじゃゆうて、ナベのフタのないのやら、ハガマのほとりのかけたのやら、ねずみにかじられて、バラバラになった、おひなさんをもらったりした。

おもちゃなどこうてもらったこともない、うちにとって、おひなさんのどうぐは、たいへんな、たからものでした。

おそくなって家に帰り、今日はこんな仕事をたのまれたと、母さんが、お父さんに話をすると、お父さんが「わしら人間あつかいしてもらえんのんじゃのう。

そぎゃあな、こぎたない仕事はことわれ」とゆうて、いつも大きな声もださんお父さんがおこった。

そうしたら母さんが、「あとあと、仕事をもらえんようになったらいけんけえ」ゆうと、お父さんだまってしもうた。

お父さんは、少し不器用で目が悪く、いつも黒い目がねかけていた。そいじゃけえ、いつも仕事を失敗しては、あそびにきている、じいやんに、「お前、直しょうるんか、めぎょうるんか」とからかわれながらも、直してもらっていた。

うちの家は、「人家《ひとや》」といって、いつも大ぜいのおじさんがあそびにきていた。お父さんは、仕事がすむと、そうじをすませ、おじさんらの仲間に入らずに、座しきのすみっこで横になって、話をきいていた。

小心で正直者だとみんなにいわれていて、話べたなので、人前にでたがらなかったし、いつもすみっこにいたので、「すくばり」とあだ名をつけられたそうです。

かざらないお父さんを、みんなはかばってくれて失敗しても、すぐ手つだってくれていたのです。

下駄直しにでていて、道の悪い所はなんぎでした。車にナワをかけてひっぱっていると、うちと同じくらいの子どもが、「犬がひっぱりょうるようじゃ」とゆわれた時、とてもはらがたって、「くそったれ」ゆうてどなってやった。

知らない人が手つだってくれる時もあったし、笑いながら見んふりしてとおりすぎる人もいた。

いつも仕事をくれる、やさしいおばさんがいて、「こまいのによう手つだって、しんぼうするねえ」とゆうて、いつも紙につつんでおかしをくれる人がいたので、こまい時は、それなりによろこんでついてでた。

うちが学校へ行くようになって、カタカナで名前が書けるようになると、母さんはうちが帰ってくるのをまちかねて、昼のごはん食べるのもそこそこにつれてでます。

車をおしている時、同級生が親子づれで買物にでていたりして、うちを見ると指をさして親に話している姿を見て、うちは車からわざとはなれてしらんふりするのです。

母さんが、入口で、「直しはありませんか」といい終らないうちに、「いそがしい、あとあと」と犬やネコをおっぱらうように、どなられている母さん。ボロボロの着物におびがわりの前かけ、やせて顔色は悪く、ちびた下駄をはいている母さんの姿。うち恥ずかしかったのです。なんで下駄直しをせにゃいけんのか、なんでついてあるかにゃいけんのんか、はらがたっていけんかった。

こうしたことから、学校が終わっても、より道したり、あそびほうけておそくなり、びくびくしながら家の近くまでかえると、母さんにみつかり、ほうきでぼいまわされて、家に入れてもらえず、くらいひやんこ《（狭い狭い路地）》のすみで、まま母じゃ、鬼のような母さんじゃ、とうらんで泣いていたら、近所のおばばにみっかって、「ハアちゃん、親もつらいんじゃ手ごうて《手伝いして》あげにゃいけん。ハアちゃんをたよりにしとるんじゃけえ、今くろうしときゃ先で良うなるけえ、しんぼうしょうや」ゆうて、家につれていってもらい、おばばにことわりをしてもろうた。

鬼のような母さんだと思って泣いたけど、家にかえると、ホッとした。

それからは早く帰ってついてでた。でも母さんは何時も頭がいたい、いたいとゆうて、ごはんも食べずに直しの仕事をもらいに、でていました。

母さんの病気

古い家の木材をもらって家を建てた時の借金がのこっていいて、父さんが目をわずらったり、次にはうちも目をわずらい、しゅじゅつをしたりで、母さんは心のやすまる日もなかった。父さんやうちが良くなると、母さんが病気がちで食べないので、仕事もできなくなり、ねとる日がつづいた。

借金なぞ、とてもかえせるようなじょうたいでなく、金をかりてた、おばさんにおこられていた。

「病人だ。病人だ。この家のやく病神じゃ」ゆうて、お父さんの身内の人なので、お父さんが仕事にでるとねらったように、母さんはいじめられていた。

下駄直しの仕事ができなくなってからは、お父さんは、そうしきで、死んだ人のかんをかつぐ仕事にたのまれてでていた。

そうしきも毎日はありませんので、くらしは同じで、借金はなかなかはらえません。

ある日、相手のおばさんとおおげんかになり、おばさんがおこって、マキで母さんの頭をたたきました。

母さんは気をうしなってたおれ、そのまま二日ぐらい気がつきませんでした。

お医者さんに見てもらったら、「この人は大変無理をして身体が弱ってしもうとる、気がついても、元にはもどらんじゃろう」ゆうちゃった。

本当に母さんは気がついた後は変じゃった。わずかの金をぜんぶつかって、たたいたおばさんをよんで、「これからあ、仲ようして、金もあるけえ」とゆうてみたり、あくる日は、「金がない」とゆうて泣くのです。

うちにむいて、「ハアちゃんよう、早う大きくなれ、母娘で、おへんろさんになって歩こう、ここにはおりとうない」とゆうて泣くんです。

「母さんとうちが、ここをでたらお父さんが、目のみえんばばつれて困るじゃろう、じゃけん可愛そうじゃ、うち手つどうて働くけん、お金もうけて借金かえしたる」とゆうて、母さんのやせた手をとって、いっしょに泣いた。

本当に銭がほしかった。

それからは、母さんは、だれかれなしに、「わたしが死んだらハアちゃんたのむう」ゆうて。

数日たつとねこんでしまい、目も見えんようになり、なんにもいわんようになってしもうた。

それから一年数ヶ月、四十一歳で死にました。一九三七（昭和十二）年三月一日死亡。

うちが五年生のおわりでした。

私の青春

一九四二年六月に、私はバスの車掌として、勤めるようになった。

戦争のまっただ中で、若い男は兵隊に取られていた。女子は軍需工場などに行って、大和撫子などといわれてもてはやされていたので、軍需工場以外は、けいえんされていた。

私は軍需工場の非人間的なあつかいに、嫌気がしてやめたばかりの時、知人がバスの車掌をしていたので会社の人にたのんでもらった。

あまり読み書きが出来なくても、停留所の名と運賃の計算さえ出来れば結構仕事はできるということだった。

さっそく会社の上役に会わせてもらい、明日からでも勤めるようにいわれてすぐきまった。

翌朝、六時には車庫に行き、発生炉に炭を入れ火力を強くして、掃除をすませると、すぐに顔をあらい髪をとくが鏡も見ない。少々顔に炭がついていても、すましこんで、バスに乗車するので、色気がないと乗客に笑われながらの車掌としての仕事が始まった。

戦争中で、ガソリンがなく、バスは、木炭車でした。木炭車は、車の後に発生炉という大きな炉がついていて、炉の中に炭俵三、四俵分の炭を入れて、火をもやし、火力で車を動かす。車の前にはラジエーターがあり、何時も水が入っていて、エンジンがやけないようになっている。乗客と発生炉の中ほどに小さなあき場所があり、そこには炭俵が二、三俵と車のタイヤが入れてある。

乗車口は車の左がわで、車掌は立っている。車の色は青黒く、よごれても目だたない。

勤めだして半年の間、福山行、金丸行、木野山行など時々行先がかわることはあったが、働くのが楽しかった。

十一月に入ると、寒くなって、エンジンを暖めるのに一時間半はかかるので、今までのように朝六時に出勤していたのでは、まにあいません。

遠くからきている先輩は、事務所の二階で寝泊りしているので、早く起きて、エンジンを暖めて、車内の掃除もすませて食事に行っていた。

私は家から通っていたので、時々寝すごして六時近くなって起き出し、目をこすりながら朝食抜きで車庫にかけこむと、もう大あわてで発生炉の炭を鉄板に出してエンジンを暖めるのが精一杯だった。

こんなぐあいだから、前日、車が車庫に入ると、すぐに車内の掃除をして、少しでも朝の時間は発生炉の仕事にあて、炭をおこしていたが、暖める時間がたりなくてなかなかエンジンがかからないので、時々は十分ぐらい出発時間がおくれることもあった。

ある日、何時でも出発できるよう準備を終わった先輩がお化粧していた時、上役の事務職の方がきて、先輩に向かい、「この車は、井上に乗ってもらう。君は今日乗車しなくてもよい」と言っておいて、今度は私のそばにきて、「井上、今日は庄原行に乗車」と言われた。

私は、「えっ」と思い先輩の顔を見ると、不きげんな顔をして、私の顔を見て目をそらした。

先輩は何をしてもきちんとできる。自動車のタイヤだって、ジャッキを使い交換するし、ハンドルをにぎって車を車庫から出し入れもする。だから運転手さんにも重宝がられ楽ができるといわれていたので、むしろ私の方が不しぎでならなかった。

会社の人に言われたので仕方なくはじめての路線庄原行に乗車したが、すごく緊張した。途中乗客や運転手さんに、停留所の名を聞きながら曲りくねった山道をバスは進んだ。

今日は村で市が立っているから乗客も多いとお客さん同士で話しあっているのがきこえた。

停留所があっても家はなく橋のたもとなどで乗客が待っていた。

途中歩いている人が手を上げ車にのりこんでくる。

「時間どおりにバスがこんので歩いとったらくるじゃろうと思うて歩きようた」という。時間どおりに車がこんのじゃ仕方がないなあと自分なりになっとくして車中切符を切った。

初めて奥の方への乗車なので緊張している姿が幼くて可愛いと、お客さんが気をつかい話しかけては笑わせてくれた。

山道を登ったと思えば、また下り、少し平地を進んだと思えば、今度はぐるぐる山道を廻って登って行く。途中ふっと右下を見ると、今までは大木も茂っていたのに、ここの山は下まで木は一本もなくてびっくりした。

「うぅわぁ大変じゃゃ、ここから落ちたら止めてくれる大木もない。命がけじゃ」と私が小声でひとり言をいうと、お客さんが笑いながら、「車掌さん、心配せんでもええ、運転手さんが、ベテランじゃけえ、安心して乗っとりんさい」と反対になぐさめられた。

朝七時に出発して、庄原に着くのが十一時。終点の停留所が食堂で、何んとか昼食はそこで食べることができた。

庄原を出るのが、二時、府中に着くのが六時。府中に着くと、事務所へカバンを渡し、車庫に帰って車内の掃除をしていたら、事務所にすぐ来るようにと呼ばれた。社長と事務職の人が三人いて、車中の運賃が多いのでどうなっているのかと聞かれた。

「今日が初めてで、何時もはどんなかわかりませんが、何か村に市が立っているから今日は乗客が多いと話されているのを聞きました」というと、「今まで、何年間何があってもこんなに運賃が車中であがったことはない。これまで運転手と車掌がくんで、『ゲンコツ』をやっとったんじゃ。井上、これから運転手がゲンコツせいとか何とか言うたら、すぐに事務所に報告してくれ」と手でげんこつを見せながら、言われた。

ゲンコツて何んじゃろうか、そう思いながら車庫にもどると、四、五人の運転手さんが待っていて、「井上、事務所で何か言われたか」と聞く。

「ようわからんけどゲンコツとか何とか言って運転手が言うたら事務所に報告せえと言われたので、『ハイ』と言っときました」

「お前は、何にもわかっとらん、おこることもできやあせん」と運転手さんに言われた。

ベテランの車掌しか行かれんと思われていた庄原行、車中で切符を切らずに現金を取っていたということがわかり、先輩がやめてからは、私がほとんど乗車するようになった。

運転手さんの給料が安いのでこうなったと聞いて気のどくだと思ったが、私が軍需工場で一日十時間働いて五十三銭、ここの仕事は十二時間勤めて八十銭だから、私にはもったいなくて、悪いことをしようなぞ思いもしなかった。

会社には私より先輩の車掌さんが六人もいて、集まると、「貴方はどの運転手にも嫌われている」といじわるくいわれたが、私は腹も立たんかった。朝はおくれるし不器用で、運転手さんがエンジンをかけるのに、アクセルをふんでいる時、車掌がギヤーに合わせ鉄の棒で廻さなければならないのに、こつがつかめず、たまにかかっても、けっちんくらって（ギヤーが私より先に廻り、棒を持っている私の手にはねかえってくる）、よく手にあざをつけていた。

これがまた涙がでるほど痛かった。運転手さんにとってはたよりない車掌で、どう思われても仕方がないと思っていた。

私にできることは乗客を大事に気をくばって、お年寄りや幼い子どもには特に気をつかうことだった。

何時ものように山道をバスが進んでいる時、途中道路の真中で手をふって止まれと合図をしては、「今日、赤飯つくったでぇ食べてくれ」とか、また「にぎりめしに、にしめつくったで食べてぇ」といって、わざわざ運転手さんと私のぶんだと分けて、重箱を渡してくれるおばあさんもいた。運転手さんも私も、乗客にすみませんと頭を下げてあやまると、お客さんは笑っていた。

時には、むした芋をザルにいっぱいくださることもあるので、乗客と分けて食べることもあった。こんなぐあいだから、お客さんも「また、帰りにお世話になります」と笑いながら車をおりて行った。

乗客の人はほとんど食料を買い出しに行くか、身内の家へ用事に行っての帰りの人もいて、だんだんと顔見知りの人がふえていた。やさいなども季節の物をよくいただいた。物の不自由な時だけに本当にありがたかった。

運転手さんも、だんだんと私を理解してくれるようになり不気げんな顔もしなくなった。

ぐるぐる廻りながらバスは山道を登って行く。道ばたに栗が落ちていると、飛んで降りて拾う。また、走ってバスに追いつきとび乗る。木炭車だからエンジンの力は弱く、山の峠にあがった時は、エンジンの力がつきていた。

バケツを持って一軒の家のわき水をもらってきて、ラジエーターのフタを取って水を少しずつ入れる。熱いゆげがでるので、へたをするとやけどをするような、とんでもない、オんボロ自動車だった。

庄原から帰る途中赤川までの乗客も、けっこう多く、一人でも多く乗せてあげたいので、荷物を車の屋根に乗せていた。屋根の上には、鉄のわくがあって、ロープで荷物をおとさないようにくくり、そのまま私も車の屋根に乗っている時もあった。

車の上で荷物をまとめていると、中学校の若い先生が、「わしも上に乗せてくれ」と言った。「やめとき、身体のバランスが車に合わんと落ちるでぇ、私は責任取れんけえねぇ」と言うてもきかずに、運転手さんに頼んでいた。「女の子が乗っとるぐらいじゃけぇ」と、そう言うて、車の上にあがってきた。

田植時期で、終っているところもあり、数人ならんで苗を植えている所もあった。

私は、手をふりながら歌っていた。すると声をきいて腰をのばし私の姿を見て、手をふってくれる人もいた。

後ろに座って上きげんで、どなるような大声で下駄をならして歌っていた先生が、カーブを曲がってから声がしなくなった。

後をふり向くと、先生の姿が見えないので、びっくりして、屋根の上から運転手さんを呼んだ。「先生が、見えんようになった」言うと、車を止めて、おりてきた運転手さんが、「どこでえ」と顔色が青くなっている。

乗客もおりてきた。後の座席にすわっていたお客さんが、「何やら窓ごしに黒いもんがとんだような気がした」と言う。

後もどりしながら、皆んなで、「先生、先生」と大声で呼んでいたら、「ここじゃ」と言いながら、先生が田んぼの中から、はい上がってきた。頭からどろ水がしたたりおちていて、びしょびしょ、何んともいいようのない格好、両手に高ハマ（高歯）の下駄をさげている。

先生は、屋根の上でわくわくもたずに両手に下駄をもってたたいていたのだ。カーブをまがる時、身体のバランスが取れずに、宙にういて落ちたらしい。下駄を大事そうにもっている先生を見ると、私は思わずふきだして、「先生、その格好はなんなあ」と笑うと「笑うな」と運転手さんにおこられた。

田植前の田んぼだったので、水もよく入っていたので、ケガをせずにすみ、不幸中の幸いじゃと言いながら、車に乗りこんだ。先生は、家が近いのでこのまま帰ると言って帰って行った。

その後、先生が自転車で帰る姿を見かけた。バスを見ると手をふって笑いながら帰って行った。

一年、二年とバスに乗っていると楽しいことばかりではなかった。

バスが川のそばを走っていると、向こうがわの橋から一人のおばあちゃんが、こちらの方へ歩いてくる。髪をひっつめて、みすぼらしい姿。一度もバスに乗られたことはないが、たびたび見かけるので、手をふると、ペコンと頭を下げる。

初めは私が頭を下げていたが、何回か橋を渡ってくるおばあちゃんの姿に何とも言えぬ暖かさを感じていた。橋の近くで見えるおばあちゃんの顔は、しわだらけ、でもやさしそうな目をして笑っていた。それに答えるように、手をふると頭をペコンと下げる。

ある日、乗客のおばさんに、「井上さん、あの人を知っているの」ときかれた。

「いいえ知りません、時々見かけるので、頭を下げて、あいさつをしているのです」

「井上さん、貴方らあ若いから気がつかんじゃろうが、あっちのもんは血とうの悪い家柄のもんがいるけえ、あんまり親しゅうしたり口車にのっちゃいけんよ、こわい人らじゃけえ」と四本指を出しながら、あっちじゃと指をさす。

一瞬、ドッキンとするが、わざと聞いてやった。「どうして、同じ人間なのに、ようわからん」と言えば、また、別のおじさんが「若いけえ知らんのも無理はない、じゃけえど取りあわんことじゃ、さけんさいよ」と言うた。

「ありがとうございます、これからは気をつけます」顔は笑って礼を言うたが、心の中じゃくやしくて、「くそったれ」なんでこぎゃに人を差別せにゃいけんのか、何を悪いことしたんかいうてどなってやりたい思いだった。

ここへ乗車してくるまで何カ所か、あそこらへんはちがうとか家柄が悪いと指さして、おしえられた。わざと聞こえんふりしてとぼけていたが、あまりしつこく言われると、それがどうしたん、私も同じですよと口先まで、でかかったこともあった。でも言ったら最後仕事ができんようになると思い、自分でも恥かしいことだと思っていた。

私は幼い時から、ぢげ内の者が仕事につかってもらえないことを知っていた。店屋へいっても、この頃は「エタ」がなまいきになったといわれて泣いて帰ったおばさんが、ぢげの長老にいうて事件になり、何回も相手と話し合いをやっていた事も知っていた。

私の父も仕事がなく、芝居小屋の下足番の仕事をしているので、仕事が終わると私はよく手つだいにいっていた。乗客の中には私のことを知っている人もいるじゃろうと思いながらも、乗客から、「井上さんの住所はどこ」ときかれると、となり町の名を言ってごまかしていた。方向が同じだから帰ろうと言われると、遠廻りして途中ここから近いからと、路地の細い道をよってかけて帰ったこともあった。

私は仕事を真面目にして笑顔で誰とでも接していれば何んとかなると思い、自分の住所をごまかしつづける日々だった。

一九四四年、この年は特に雪が多く庄原の方は大雪で、毎日が雪との闘いだった。峠を登って行く時、バスは自動車が通って雪を固くしている所を見て進んでいるが、一寸でもそれると、ふわふわの雪に入りこみ。チエンをつけていてもから廻りする。そんな時は全員の乗客がおりて後押しをしてくれ、なんとか固い雪の上にあがって、やっと車は動きはじめた。

それくらいのときはまだよかったが、どんなに後を押してもからまわりして、ビクッともしないこともあった。数時間も立ち往生して、あきらめて先の村まで行く人、後もどりして帰る人、最後までのこって手つだってくれる人と、いろいろだったが、山の日の暮れは早く、四時近くなるとうすぐらくなった。あきらめて下山することになり、近道だからと細く曲りくねった、けもの道だという細い道をすべりそうになりながらおりた。

この道を知っている人は地元の方ばかりで、一番先頭を歩いている方が懐中電灯を持っていて時々、立ち止まっては後の人の足元を照らしてくれた。

木が茂っている所をぬけると、お月さんのあかりと雪のあかりで歩きやすかった。

だいぶん歩いて、下を見ると、村のあかりが、小さく、てんてんと見えていた。ほっとして横を見ると、小屋のような所から煙がでていた。

お客さんの一人が、「今日、あっちのばあさんが死んだのを焼きようる。ようろうろしちゃ橋をわたって、こっちの方へきようた。用もないのに、困ったばあさんじゃった」といった。

そういわれて、一瞬あの橋をわたっていたおばあちゃんが、やさしい目をして、ペコンと頭を下げる姿が目に浮かんだ。

橋の向こうがわの山よせに小さな家が見えがくれしていた。さいきん見えないと思っていたが、わずらっていたのか、とうとう言葉もかわすことはなかったけど、あのしわだらけの笑顔が、やさしい目をした暖かい笑顔が、もう見ることが出きないのか、死んじゃったのか、死んでもまだ、あっちじゃとかいわれるのかと思うと、くやしいのと悲しさが重なって涙が止まらず、とうとう泣き声がでてしまった。

皆んなは、私がなんで泣きだしたのかも気づかず、ただ火そう場が近く死んだ人を焼いているのが、こわいのだろうぐらいにしか思ってないようだった。

しばらく歩いていると、下の方で声がして、チョウチンを持って何人かの人が迎えにきてくれた。泣いている私を見て、「こわい話をきいたんじゃろう。可愛そうに」と停留所のおじさんが、私の足元を照らしながら、つれておりてくれた。

停留所のおじさんの家は店屋さんで、そこに着くと、府中から五人の運転手さんと整備士の人がきて、お茶をのみながらもちの焼いたのを食べていた。

私を見ると、「やれやれ、井上大変じゃったのう。ごくろうさん、泣いたんか可愛そうに心細かったんじゃのう。早うここえきて、よばれえ」と言った。

おばさんが、「井上さんこっちいきて、コタツに入りんさい」とやさしい声で言ってくれたが、もし、私が皆んながあんなにきらっている、あっちのもんじゃとわかっていたら、こんなにあったかい言葉をかけて、くれるじゃろうかと思った。私はひねくれているのじゃろうか、とも考えてみた。

会社の人は、「待たしてもらっとけえ、わしらは上へ行って車を引いてもどるけえ」と言って、運転手さんもまた車で出て行った。

一九四五年、仕事は正月も何にも休みなし。私は、仕事も休まず乗客にも可愛がられて、真面目に働いていた。この頃は毎日空襲で、上方は大変だ、多くの市民がやられているという話ばかり聞いていた。

乗務も交換制になっていたので、私は福山線にも乗るようになっていた。ある日、事務所から、福山に着いて乗客をおろしたら、兵士をのせるので福山駅でまつように指示をうけ、そして乗せた兵士には絶対、声をかけてはならないと口止めされた。

汽車が着くと、白衣の傷病兵の人が次々におりてきてバスに乗りこむ。足をやられている人、おなかをおさえている人、青白くやつれて他の人にかかえられながら、バスに乗る人もいた。四十二人乗りのバスは満員で、立っている兵士もいた。戦地で戦い傷をうけた兵隊さんたちだ。

ごくろう様とも言えず、ただ無言で頭を下げるだけだった。

二ヶ月後、また会社の指示で福山の陸軍病院に行くと、軍服をきちんと着た兵隊さんが整列していたが、バスが着くと車に乗りこんできた。

戦地へ送られて行く兵隊さんたちだろう。

その中には、この前この車に乗っていた傷病兵の顔も見える。本当に元気になっているんじゃろうか、と心が痛む。バスの中は誰も口をきく者はいない。

駅に着くと汽車が入ってくる。乗客の出入口とは別に、横の出入口からホームへ出て、汽車の方へ歩いて行く。私は、一人一人ていねいに頭を下げて見送る。

兵隊さん死んじゃいけないよ、きっと生きて帰って下さいと、心の中でさけび続けていた。

八月十五日、私は庄原線の乗務だった。その日は若い運転手さんで、すでに軍隊に二度も召集され、「今度は三度目の正直で、生きては帰れんじゃろう、彼女を若い未亡人にさせとうない」と結婚をしぶっていた。おふくろにも心配かけとうないので、これをたのむと言って、白い布と赤い糸を私にあずけた方で、私は、乗客の女の人に頼んでは、一針、二針とぬってもらっていた。その千人針も半分もぬいあがってなく、気をもんでいた時でした。

午後六時近く木野山の停留所に帰り着いたとき、府中から上あがって来たバスの運転手さんが、「おい、日本は戦争に負けたど、天皇がラジオで放送したど、無条件降伏じゃっと」というと、とたんに乗客がさわがしくなった。「うそ」という者、「本当ですか」という者、何回もたしかめるように聞く人。

乗客の中には、身内の方が戦死されている方もいて泣いている方もいた。

正義の戦いと思いこんでいたのが、敗戦だといわれて、くやしいといってはらを立て泣いている人もいた。

やったこれで戦争は終った。誰も死なずにすむ、生きていれば何んとかなる。私は、小声で運転手さんに言うた。「千人針、つかわずにすんで良かったと思うけど」

運転手さんも、「本当は、誰のために戦うて死なにゃいけんのか疑問に思うとった」と本音をもらした。

私は十八歳になっていた。

屑鉄《くずてつ》ひろいの出会い

敗戦になって、二、三年の内は隠とく物資などで何とか生活ができ、奥の方からタバコの葉をやみで買って帰り、タバコを巻き、都会の方へ売りに行ったり、また向こうから買いに来たりして、何とか暮らしていたが、専売公社などの取りしまりがきびしくなり、見つかって取りあげられ、工面して借りた金も返せなく、元も子も無くなり、四苦八苦の生活がつづいた。ぢげ内の者は他人から金を借りることはなく、身内同士のかし借りが多く、なかにはかえせなくて不仲になった家もあった。

私のうちは身内もいなく、父さんが借りに行くような事はしない人なので、私が近所の人にたのまれ、やみタバコを巻いていた。

仕事が無くなると家の生活も苦しく、毎日のやりくりにつかれていたが、そんな私に、父さんが寺人足ややとわれ仕事でかせいだ金を、そっとくれていた。

私は結婚して一人の子を持つ母親になっていたが、夫は仕事に出ても三日とつづかず、体が悪いとか、怪我《けが》をしたとか、医者に行って大げさに包帯を巻いて、帰ってても家にいることもなく出ていく。一度医者に行ったら二度とは行かず、後はパチンコで一日中家にいない。

夜は食事には帰ってくるが、自分の好きな物を買って帰り、一人で食べて、子どもにも父さんにも「食べない(食べなさい)」と言うこともなく、食事が終わるとまた玉突きにあそびに出て行く。朝は早く魚つりに出る。「一人で食べずに、たまには父さんや義ちゃんにも、食べないと言えん」と私が言うと、「ほしかったら勝手に取って食べりゃええが」という返事がかえってくる。

これが私の夫かと思うとなさけなく、もうあてにはすまい、私が言えばけんかになる、父さんが心配するからがまんしようと思った。

そんな時だった。

屑鉄がようけいあって、金になると言う。

駅の横の広場に行けば屑鉄がうまっていると、我れ先にと行くようになった。私もよちよち歩きの子を背中におぶって行くと、広場にいるのは、ぢげ内の者ばかり。大勢きていて、鍬で土をほっていた。

みんな大きな鍬だった。私のうちにはあんな大きな鍬など無い。こうまい鍬でよほど力を入れないと深くほれない。背中の子をおろして夢中になってほっていると、義ちゃんが、他の人のとこへ行って見ていたのか、「あぶないけえ、あちい行け」とどなられ、泣きながら、私にすがりついてくる。

また背中におぶって鍬で土をほり、鉄屑をどんごろすの袋に入れる。

私がどんなに頑張っても、みんなのように多くは取れない。五時近くまで取って、買ってくれる家に持って行く。

朝鮮の方で、顔は知っていたし、「こんにちは」のあいさつぐらいはしていた人だった。

先に持ってきた人はたくさんあって、お金をもらってほくほく顔をしていた。私のは少しなので、笑いながら、「子どもを背負ってじゃしんどかったじゃろうなあ」と声をかけてくれ、少し多めの目方でお金をくれた。うれしかったぁ。

次の日は、ぼろじゃけど乳母車《うばぐるま》の中へ子どもをのせて、朝早く行って良い場所をとろうと思い行ってみると、もう何人かが来ていた。私が行って土をほろうとすると、「そこの場所は、わしらが取っとるけえ、他の方へ行け」と、身内の者がくる場所だと鍬をおいたり、スコップをおいて、広く場所を陣取っていた。

私が一人はなれた場所で土をほっていると、どうやって乳母車からおりたのか、息子が手に釘《くぎ》を持って私にさし出す。

「義ちゃん、手手、いたいいたいするよ、ありがとうね」

私が言うと、釘でもよろこんでもらえると思ったのか、小さい小さい屑鉄でもひろってきては、私の手にわたしてくれる。

こんな幼い子が親の姿を見ている。可愛《かわい》かった。暮らしの貧しさが子ども心にもうつるんじゃなあ。何回かしてくたぶれたのか、ねむそうなので、乳母車の中へ入れてやると、つかれたようにねむる。

あついので、私の頭の手ぬぐいを取って、日よけにしてやる。

昼近く、夫がきて、

「このあほんだら。このあついのに、子どもをこんな所にねかせやあがって」

そう言っても、自分は子どもをだきかかえることもなく、ただ私に悪態ついただけで帰る。

私にこの夫を世話した人も、この場所で鍬をふるい、屑鉄を取っている。どう思って聞いているのか。身内もぎょうさんきているが、だれも知らん顔して無関心をよそおい、手つだってやれと言う者もいない。自分達に用がある時は、世話人じゃけえと平気でこき使う無責任な方たちだ。

今さらぐちを言っても恥をかくのは私。だまったまま、ただ鍬をふって土をほりつづける。

数年前、私の無責任な行動で、父の無い子をうんだ。妊娠するや、その人に、家柄が悪い、血統がちがうと言われ捨てられた。

だれにも相談する身内もなく泣きながら、子を生み、三ヶ月で子どもは死んだ。

きずもの娘と言われて、心はぼろぼろだった。そうした時に仲人《なこうど》の口車にのせられ、商売はうまいし仕事も出来る、婿《むこ》養子にきてもよいと言う願ったりかなったりの男がいる、早う身をかためさすほうが親もあんしんできるし、本人のためにも良いと話しかけられ、父さんはその人を信用して私に養子を取ることを勧めて、いやとも言えず、しぶしぶながら父さんを安心させるため結婚した。

仲人の十八番《おはこ》というが、父さんが聞いていた事とはおおちがい。せめて子どもができたら変わってくれるかも知れんという思いもむなしく、一人暮らしで気ままに生きてきたから、金があればあそび、無けりゃ何とかこづかいかせぎをしてあそぶ。家族の事など考える人ではなかった。子どもが泣いてもだきもしないし、気にいらねば「あほんだら」と言うだけ。

何をしても手伝うことはなかった。

時々、父さんが、やとわれ仕事がない時に、子どもをつれにきてくれていた。父さんは、私の働くみすぼらしい姿を見ては、「ハアちゃんが気が進まんのを知りながら、あれらの口車にのせられ、ハアちゃんを苦労させるようにしてしもうた。義憲が可愛けえ、父無し子にはさせとうない。本当にすまん思うとる」と泣いていた。

「父さん、もうええ。心配せんでもなるようにしかならん。うちが頑張ってりゃ、またええ事もあるじゃろうけえ」

反対に父さんをなぐさめていた。

父さんが子どもをつれて帰ると働き易く、土も深くほれて屑鉄も大きいのがよく取れた。重いぐらいあったけど、お金になると思えばうれしくて、重さも苦にならなかった。

買ってくれる家に行くと、もう何人か金を手にして、他人の事が気になるのか、話しながら見ていた。長屋つづきのような家なので、近所の人もおもしろそうに、買い手と売り手の話のやりとりを笑いながら見ていた。

私の番で、はかりにかけながら、

「ハッちゃん、今日は子どもつれてないけえ、よう頑張って取ったのう。良かったのう」

と言うてよろこんでくれた。

その時、ここの長屋に住んでいるが、何年か前まで私の近くの家に住んでいた意地の悪いおばさんが、せせら笑いをしながら、言うた。

「この女があ、器用なおなごよ、男はおらんでも子どもを産むんじゃけえ」

私は身のすくむような気もちだった。死なせた子どもの克義のことを言っている。おばさんは何で私を目の敵にするのか、何で私を憎むのかと言いたいけど、恥をさらすだけ。くやしいけどだまったままで、くちびるをかんで下を見て涙ぐんでいた。

はかりをかけるのを手伝っていた、青木さんという朝鮮の方が、

「おばさん、意地の悪いことを言うのう。女は女同士、女の気もわからんことはなかろう。おばさん、わしゃ他人じゃけど、善悪ぐらい心得とるぞ。人の心にきずを負わすな」

と言うてくれた。

私はだまったまま青木さんに頭を下げた。

この世に神も仏もいないのかと思っていた私にも仏様がいた。

また明日から頑張れると思いながら家に帰ってきて、父さんに話すと、

「ああ、つる代か。そがんことを言うたか。やっぱりあの事を根にもっているんじゃのう。わしにとっちゃ従弟《いとこ》の政のやつが、こそドロしちゃ刑務所を出たり入ったりのくり返し。つる代は三人の子をかかえて苦労しとった。政のやつが酒店から酒一本盗んで出るところに、たまたまフジノが店の前をとおりかかったん

じゃ。店のもんが気づいて政をつかまえたが、政のやつ、フジノに、「取っとらんのう。フジノ姉がくれたんじゃ」言うた。フジノにたすけてもらおう思うて言うたが、フジノもかかわりたくないので、「わしは知らん。店から出るのを見ただけじゃ。うちには誰も酒をのむもん、おらんけに」と言うた。政のやつは日頃から手くせが悪いのをみんなも知っていたもんで。それでまた刑務所入り。

つる代はそれまでようちに来とったが、その事があってからは、口をきかんし来んようになった。身内なのにたすけてくれんかったと思たんじゃろう。なんぼ悪うてもつる代にゃ亭主じゃ。つる代はかわいそうなおなごよ。ハアちゃん、負けて勝つということもあるでな」

と言うた。

「ふん、そぎゃん事があったん。つる代おばさん、かわいそうじゃね。今度会《お》うたら頭さげてとおるわ。こんくらべじゃ」

と父さんに言うたら、父さん、笑うとった。

毎日休みなしで行った。ぢげのもんも、よう頑張って行っとった。暮らしがかかっているから。

広い土地も、二ヶ月も行っていると、土が山のようになった所もあれば、ほられてデコボコになっていて、広場は見るかげもなく、大変なかわりようだった。

広場の横の方に一軒の家があって、廻りにブロックの塀があった。

初めの頃は場所も広く、奥さんらしい人が土をほっている所をさけて出入りしていたが、雨がふった後などは、デコボコ道がくずれそうになって歩きにくくなっているので、出入りも裏の方からしているようじゃった。家は大きいが、家族の人の姿を見ることはなかった。

ある日、父さんが子どもをみてくれると言うので、私は何時もより早く家を出ていった。場所も良い所が取れると思って、行って見ると、びっくりした。

身内の多い家の者がきていて、ブロックの塀の下をツルハシでほっていた。うちこむたびに、塀が、グラグラゆれていた。

「あるぞ。大きいのが見ようらあ」と口ぐちに大声をあげて、笑いながらほっている。

これは大変なことになるかも知れん。私が塀がくずれるかも知れんで、やめときと言うたら、かえって「何こくな」とどなられるのが知れている。

少しでもはなれた所におる方がええと思い、はなれた所で、鍬をにぎったが、気もそぞろで、手に力がはいらない。こんな非常識なことをやるとは思わなかった。

ふるえがとまらん。帰ろうかと思いながらも、生活のことを考えると帰るに帰れず、鍬をにぎったままじゃった。

ツルハシをにぎっている人は二人。もう一人は大きな鍬を、後の二人は女の人で、どんごろすの袋へ鉄屑を入れていた。

ツルハシをにぎっている一人の方は、都会からぢげ内の娘と一緒になって入りこんだ婿さんだった。

私の夫と同じような者。定職は無く、やとわれ仕事をして、その日暮らしができりゃめでたしで、それでも私に夫を世話してくれたばあやんに言わせりゃ、ここらへ来てくれるような相手じゃない、出世したようなものよ、とおんきせがましく言われた。

心ではくやしかった。毎日を共に汗をながしての暮らしなら、どんな苦労をしてもよかった。二人でする苦労なら、どんな仕事でもよかった。夫はそんなことなにひとつなく、私の気持とはうらはらだった。

男どもが、大きな鍬を引っ張り出すのに、「よいしょ。よいしょ」とかけ声をあげていると、前の玄関の戸が開いて、この家の主人であろう人がでてきて、すごい見幕で、

「あんたらあ、どこまでほる気なら。この家の建物の下までほる気か。この下は鉄屑でうまっているんじゃ。他所《よそ》の土地へ家を建てかえてくれるかあ。見て見んふりしとったんじゃが、非常識にもほどがあるぞ。バカもん」

と、怒り声をふるわせながら大声でどなった。

「何じゃ、バカもんじゃっと。もう一ぺん言うてみい、おどりゃ」

と、ぼうちのもん（よその人。ここでは部落外の人）じゃと言うて自慢げに話しとった家のばあやんの娘婿が、肩いからせて、相手の主人にくってかかった。身内のおじさんが前に出て、

「わしらの方が悪いのです。すまんことしました。こらえてつかさい」

と頭を下げてあやまると、他のもんも頭を下げていた。

はなれた所にいたけど、私も手ぬぐいを取ろうとして、相手の顔を見てびっくり。手ぬぐいを深くかぶって顔をかくすようにした。

この家は、あいつの家じゃったんかぁ。

私が軍需工場に勤めていた時の班長だ。何時も私を怒鳴る時、非国民だとか、親のしつけが悪いとよく言った。

あの時も、仕事が終り、下駄をはいて門を出た。雪が下駄のハマにつまって、滑ってころんだ。仕事帰りの行員さんがかけよってくれ、「ケガをしてないか」

と声をかけてくれ、たすけおこしてくれた。

あくる日、あざだらけで痛いのもがまんして仕事に行ったのに、事務所に呼ばれ、男子の手をかりなければ立てなかったか、非国民、わしに恥ばかりかかせる、と私をなじった。親のことまで言って私を怒鳴り、事務所の真中に立たせ、見下げるように私をにらんでいた。

下足番の娘と知っていたからか、何でもないささいな事でも私は怒鳴られていた。

あの時の班長だ。銃身をつくる時に鉄を切っておとしてできた、他の班の鉄屑もざらいこ《（鉄のけずりかす）》も、手押し車の箱に入れ倉庫へ持って行かされた。重いと時間がかかり、またおこられていた。

ああ、此の場所は、駅の横で会社の土地。倉庫をこわした跡に家を建てていたのだ。線路があって、貨物列車に武器を積んで戦地へ送るのにつかわれていた場所だった。

その後、私は会社の非人間的なあつかいに、配給の食事をぬいたりして、自分の身をけずって病気までして、自分なりの抵抗で会社をやめた。

今でも「こいつ」の顔だけは忘れていない。親のしつけが悪いと言われつづけたことも忘れない。それなのに、こんな非常識な事をする輩《やから》と共に、ここで屑鉄ひろいでなく、取っていた。それで生活をしている自分がくやしくて、顔を上げることもできん。顔をかくすようにして、ほった土のくぼみへ土を入れていた。

本当にあのままほっていたら塀はくずれたじゃろう。そうなったら誰が責任をとる。そこをほっていた者だけが悪いのじゃない。自分本位で、よく取っている者をうらやむ気持ちが、私にもあった。責任は大なり小なり負わねばならない。人として、私は「あいつじゃ」とにくんでいたが、むしろまた、しっぺがえしをくらったような気がした。

人に顔を見られて恥ずかしいようなことをしていた自分がなさけなくて、涙を土の上にポトポト落しながら土をうめていた。

後日きけば、気がとがめてやめていた人もいたという。

ぢげへ入りこんだ婿さんは、何時のまにやら家を出たきりおらんようになった。

私のとこは変らず同じ。女ぐせも悪く家にいるのかいないのか。近所のおじさん夫婦が私の事を気づかってくれていた。

屑鉄取りには行けないし、生活は苦しくなるばかり。困りはてていた時、近くの機織り工場で女工さんをさがしていると聞き、すぐに行ってみると、糸取りやかすり合わせの仕事も、十三才の時女工として働いていたものと同じなので、明日から来てくれと言われ、行くことになった。

そんな時に青木さんが、結婚して何時までも身内の家に同居しておれんので、二階をつかってないなら貸してほしいと言ってきた。建具も畳も古いしぼろだからと言ったが、雨風さえしのげばと言われ、父さんに青木さんの人柄を話していたので貸すことになった。

青木さんはよく気のつく人で、父さんとも、気が合って話をしていた。自分の父親を呼ぶように、「お父さん、お父さん」と呼んでいた。仕事もトラックをつかい、奥の方へ行って、買ったり売ったりの仕事をしているようじゃった。

幼い時に両親をなくし、伯父伯母《おじおば》に育てられて、何時までもこのままじゃいけん思うて、日本にいる身内の所へ行くにも言葉をおぼえなければと日本語の勉強も頑張ったと話していた。

近所づき合いも良く、だれからも、よく気のつく人じゃとほめられていた。

妻の百合ちゃんは、何不自由なく育てられ、おっとりしていた。両親は来るたびに、米ややさいなど持ってきては、私のうちにも分けてくれた。

私の夫は、映画館に勤めてビラはりをしていたが、給料は自分のあそびの金は先に取り、わずかの金を私に出すだけ。自分に相談なく青木さんを入れたのが気にいらぬようで、「あほんだら」と言うだけ。

百合ちゃんが身ごもり、里に帰って、生まれて二ヶ月目に赤ちゃんをつれて帰ってきた時は、家族がふえたようでうれしかった。

百合ちゃんのお母さんがよくきては何日も泊まるようになると、かならず府中に住んでいる朝鮮のおばさん達が五、六人、よく出入りするようになった。朝鮮語で話し笑っていた。日本で生れて育った百合ちゃんは、言葉がわからないと、私のそばによくきていた。私も顔見知りになり、町で会うと、おばさんが笑いながら「ハッちゃん、どこ行く」と声をかけてくれるようになった。

知人の中には、「井上さん、あんた朝鮮人と仲がええんじゃなあ」と言う者もいた。

私は身内が多くなったと喜んでいるのに。

四年あまり、青木さんは家にいたが、家を建てて出て行くことになった。

青木さんは私や父さんに気がついたことを話すけえと前おきして、話しだした。

「わしは朝鮮人と言われて差別された。でもここに何年か住んでいる内に気がついた。日本にも、同じように差別されている人がいた。ハッちゃんはご主人に差別され苦労していると気がついた。

今頃ようわかった。差別する人はなんとも思わず平気で人の心にきずを負わす。

ここらの人も差別されているのに気づかん人もいる。同じ人間なのに、わしゃ、はら立つ。差別に負けんように頑張って生きてほしい。

わしゃ、屑鉄の手つだいしとる時、ハッちゃんがおばさんに悪いこと言われても言い返せず、涙を流しながらうつむいとった姿が可愛そうじゃった。わしにだまって頭を下げたあの時のことを忘れとらん。お父さんはわしの本当のおやじのような気持ちで話し合えた。

わしの家にも時々来て下さい。わしも時々ここへこさせてもらうけえ。ハッちゃん、お父さんの事たのむ」

と、青木さんは泣いてくれた。私の今後の心配をしてくれていたのだ。

青木さんとの出会いは、私の屑鉄ひろいの時からがはじまりだった。

何年つきあっていても心からの語り合いができない人も知人、わずかの年月心から語ることのできる人も知人。一生忘れることのない思いを残してくれた一言の言葉、

「人の心にきずを負わすな」

私ら父娘にとって最高の楽しさをもらった。

生命の重み

一九九八年十二月に入ったある日、電話がなる。

「もしもし」と私がいうと、同時に、

「ハッちゃんか、おれだよ、すまないけど、克義の写真があったら、たのむから送ってくれないか」と言われ、ええっとびっくり。

ああ、年を取ったから少しは克義の事が気になりだしたのかなと、かるい気持ちで聞き、

「写真。あの時私の暮らしがどんなに苦しい生活だったか、貴方にはわかってないでしょう。写真を写すような暮らしではなかった。私も栄養失調で克義は月たらずの未熟児、その日暮らしの母子に金の余裕などありません。

貴方は言ったでしょう。お前らの家柄は血とうが悪い、と。血がにごれている

からなあ、好きになる事と、結婚はちがうからなと貴方が言った。子はどこに生まれたいと親をえらぶ事はできません。心貧しい親の貴方に血がにごれていると、父親の貴方に言われたんですよ。あの子は未熟児でも、赤いあったかい血が、かよっていましたよ。克義を一度でもだいた貴方は可愛いとは思いませんでしたか。父親に差別され、三ヶ月の生命、あの子は泣いていますよ。すまないと思う気持ちがあるなら、人を大切にして人権を守って下さい」と私なりに話していました。

「すまなかった。結婚しても妻との間に子ができずに、妻の身内の子を養女にして育て嫁がせた。

この世の中でおれの子は克義一人だった。我が子さえ差別したおれは、ばちがあたっていた。あの世で克義をだける父親になれるよう頑張るからな。お前もおれのような男とつき合って苦労したなあ、元気でいてくれ」と、泣いている彼の声が電話の向こうから、きこえてきます。

あくる年七月、友だちから電話。

「彼、死んだよ、がんだった。近くだから病院に見舞いに行った。奥さんがいない時、克義君の事を言って、ばちがあたったと涙を流していた。ハアちゃんくやしかっただろうけど、ゆるしてあげてな、もう死んで仏様になったんだから」と知らせてくれる。

そう、とうにゆるしているんだよ、ただ差別がにくい、わすれる事ができないだけ。

今、こうした話ができるのに、あの頃の私は差別されても気づかずに、無学なのは親のせいにしたり、生まれをのろってみたりして恥のうわぬり。他の人は仕事して、子どもにはきちんと学校へ行かせているのに、うちらの方は大人も仕事せず、毎日あそんでいる人も多く、言葉づかいも悪く、貧乏人が多い所だから他所の人がバカにするんだと思っていた。

だから彼に言われたことを人に話すことは恥ずかしいことだと自分を恥じてい

た。

母さんは、借金を苦にして病気になり、四年患って四十歳で死にました。

父さんはそのとき四十八歳でした。

目の見えんばばんと幼い私をかかえ、父さんは朝早くおき、食事やせんたく、そうじをしたりして、時々寺人足の仕事をしたり、仕事が無い時は上ばきぞうりをつくり、私はぞうりを町にうりにでたりして、細々ながら暮らしていた。

学校へ行きたいと思ったこともあるが、教科書も買えず、教育とは無縁の中で生きてきた。

十三歳で糸取り女工。軍事工場、バスの助手と色々と職をかわっていった。

父さんが芝居小屋の下足番の仕事をするようになって、私は仕事帰りに手つだっていたが、時間どおりに帰れないので、父さん一人では下足番の仕事はむりだった。

広島に住んでいる父さんの妹が心配して、再婚をすすめてくれ、父さんは後妻を迎えた。

初めの頃は義母がきてくれたことで、私は心から父さんの幸福を願っていた。話べたで人前に出るのをいやがっていた父さん、声を出して笑っているのを見ると、これで良かったと思っていたのに、義母が私を見る目の冷ややかさ。声をかけても、聞こえないふり。私は家にいるのがいやで、いつの間にか友だちの家に行く方が多くなった。

友だちも両親そろった者はおらず、どちらかが別居か死別だった。にた者同士で話は良くあった。

集まっても、たあいもない話をしたり、踊りのふりつけを教わったりした。時には、にわかづくりの芝居をやってみたりしていた。

女ばかりの仲間いしきは強く、男どもを平気で口だっしゃでやっつけていた。他の者は、私たちを不良娘だと言って、かげ口をいっているのを聞いたこともあった。

こうした時期に、敗戦になり、友だちは嫁いだり他所へちらばっていった。敗戦になってからは、若い青年たちが会社に帰ってくるし、軍事工場で事務員をしていた学校出の女も多くバス会社に入社するようになり、木炭車よりガソリン車で新車が多くなって、毎日日誌を書かなくては車掌も務まらず、私のように学力のない者にとっては、とてもついていける情況ではなかった。

働く場所さえなくなっていく。会社をやめなくてはならない。そうなると私の仕事はなかなか見つからず、毎日家にいるのがつらかった。

義母の言葉は針をつきさすような言い方だ。父さんの下足番の手伝いをするしかなく、昼夜二回の時は私が一人で下足番の仕事をすることが多かった。

義母は父さんと楽しそうに話しているのに、私がそばに行くと顔をそむけて他の方へ行ってしまう。だからなるべく父さん、義母のそばに行かないようにして、うつむいて下ばかり見ている私。

不良だと言われていた頃、男女十五、六人もいた。その中に時々彼も入ってきていた。その彼と、下足番の仕事が終わった後、つき合うようになっていた。初めはかるいつき合いだったのが、だんだんと彼にひかれるようになって深入りして、人のうわさになるようになってしまった。

彼と話していると、家での冷たさもなにもかも、忘れさせてくれる。深い考え方もなく何とかなるぐらいな、かんたんな気だった。

何ヶ月か経つうちに、自分の身体の変調に気づいても相談する人もなく、日が経つにつれて心細くなりました。

彼は大学生で、何時でも合えるのではなく、何日か休みがつづく時だけ帰って合うだけで、芝居が終わる頃をねらってきて待っているのです。

彼が帰っていると聞かされても、彼は姿を見せることなく、東京に帰ったと後から聞かされ、彼は私をさけていると、私なりに感じていました。

相談してもどうにもならない事だとわかっていながら、わらにもすがりたい心でした。

あの日よび出された時、私とは三、四メートルの間をおいて、彼は言った。

「今までの事はなかったことにしよう。おれが好きでも、お前らの家柄は悪いし、血とうも悪く血がにごれているからなあ、悪く思うなよ」と言いながら、何にもきかんぞという態度で、背を向けて、彼は私の前から去って行った。

私はふるえながら立ちすくんでいた。

どうしようこれから先。彼が家柄や血とうが悪いと言った言葉より、私は親の仕事や自分が無学でここに育てられたことを恥だと思った。だから彼があんな言葉を言っても仕方がない、他人に言えば自分の恥だと思った。

家に帰っても青い顔して何にも言わない私に、父さんは気づいていたと思う。何にも聞こうとせず、私をそっと見守っていた。

家では私の泣ける場所さえなく、義母のつめたい目をさけるために、私はうつむいているだけの日々だった。

自分の取った行動で自分の手で自分の首をしめると思いながらも、こうなったのも親のせいだとまだ親をうらんでいた。

義母はきこえよがしに、

「お人好しのバカ娘が男にだまされて、はらまされ、父無し子を産まされる。私しゃ何にもせんけえねえ、あてにせんといて」と言う。なにをいわれても今の私にはかえす言葉がない、だまって涙を流すだけ。

日に日に目立つおなか。芝居小屋の仕事が終わると、家より反対の土手の方を歩いていた。

終電車出た後で、線路の中を歩いていると、お月様が線路を「チカチカ」と光らせている。涙で見えるお月様はかすんだように見えて、私といっしょに泣いてくれているように見える。

このまま電車がくればいいのに、そうしたら何にもかもおしまい、泣くこともないのに。川のふちや橋の上から水の流れを立ち止まって見おろして見ていると、おなかの中で動く赤ちゃん、生きているよ！　と叫んでいるようだ。

仕事してないから一円の金もなく、下足番の仕事の手つだいしてもお金をくれともいえん。義母が金をもって食事などのやりくりしているのだから、よけいに言いだせない。

仕事してないからと、少しのごはんでもへつって取る義母。

日に日にやせていく私の姿に、近所の人が心配してくれ、父さんに話したらしい。

ある日、二階で父と義母が話している声がきこえた。

「あの娘にもっとやさしくしてやってくれんか」と。義母が何を話したかは、わからないが、泣きながら二階から義母がおりてきた。

それから三日目に義母は風呂敷づつみを持って家を出ていった。

父さんは、私に一言、

「ハアちゃんに死に水とってもらいたいから。お前に代わる子はおらん」と。

私は何も言えんかった。

あんなに仲の良かった父さんと義母を別れさせたのは私。これから先、私は父さんにどうつぐなえば良いのか。むしろ生まれてくる子のために、父さんに心配かけるじゃろう。親不孝な自分がなさけなくて、時にはおなかをたたきながら、どうして私のような貧乏娘に生まれてくるのか、生まれても泣くだけの暮らしなのに、私はおなかの子までのろった。

一ヶ月も早く十一月三十日朝方、月たらずの未熟児で、産婆さんも、「小さすぎるね、あったかくしてやらんともたんね」と。こたつの横にゆたんぽしてやれとおしえられる。

下着のかえもなく、ネルの古着を直して、産着などをぬっていた。

かたちばかりの物を着せ、新しい物など一枚も着せてやることはできなかった。

友だちがちゃんちゃんこを持ってきてくれた時はうれしかった。

か細い声で泣き、私の乳をのむ時は、少しのんでは休みまたのむ。顔を見ていると可愛そうでつい涙を流していた。

克義と名前だけは彼がつけてくれた。

私の流す涙が乳の上につたわって、それを克義は乳といっしょにのんでいた。

小さい声で泣いてばかりいる克義を心配して、父さんが、医者に診てもろうてやれと言うので、病院に行った。

脱ちょうという病気で弱い子にでる。「オチンチン」に水がたまり、水をぬかないと熱がでてそのまま死ぬと言われた。時々水がたまるとぬいてやる。その間親はしっかり栄養を取り良い乳をのます事だ、この子は親の体内で栄養失調になっていて生まれてきた、母親がしっかり栄養を取らんことには生きられんと言われた。

水をぬく時、小さい「オチンチン」に針をさすと細い声を出し口をいっぱいあけて泣く。克義をだいたままの私も身体をかたくして、しっかり克義をだき、私も涙を流しつづけていた。

高い所からとびおりてみたり、水につかってみたりして死んでほしいと願っていた私が、この子と共に泣いている。元気になれと願って。私の子なんだ。克義は生まれて一度も近所の人からも、「おめでとう」の声をかけられたこともなく、私がやみタバコを巻きに出ている時、父さんが時々だいて乳をのませにきてくれた。

父さんは下足番の仕事はやめて時々寺人足の仕事をしていたので、そんな日は時間を見て家に帰り、おむつや乳をのませていた。

時には泣いていたのであろう、小さなまくらがぬれていた時もあった。

一月末頃、知人から、彼が子どもに合いたいと来ているからつれてきて合わせてやってと言われて、克義をつれて行った。彼は克義をだいてじいっと顔を見ながら泣いていた。

「克義はこうまいのう。母子で東京にこれないか。何とか生活はできると思うが、でもここへは帰ってこられんが、それでも良かったら」と言う。

克義はゆめを見ているのか笑顔をしている。私はもうこの人とは一緒になろうとは思ってない。あの苦しかった事、この人にはわかるまい。私を幸福にしてくれる相手ではない。それに、私に死に水を取ってもらう、お前に代わる子はいないといって私のために義母と別れた父さんを一人おいて行けるはずがない。

「私はどこにも行きません。ここで母子で暮らしますから」と言って、彼の手から克義をだき取るとすぐに家に帰ってきた。

克義にとって父親にだかれたのは、そのときが最初で最後、そして永遠の別れだった。

私は頑張って少しでも良いものを食べて克義に良い乳をのませてやりたい。そのためには私が栄養のあるものを食べなくてはいけないのですが、克義が泣くし乳をのませるのに時間がかかるし仕事があまりできません。

私の方が泣きたい思いです。

だいているとと泣かないのですが、ねかすと泣くしまただいてやると泣きやむのです。

そんな日が何日もつづくのです。乳ものまないし、水だけはぬきに病院に行くのです。水をぬく針をさしても、泣き声さえださずに、口をあけて苦しそうに顔をゆがめているのです。私もたまらなくなって、

「もう水をぬくのはやめて下さい、苦しそうで見ておれません」と医者に言うと、

「どちらにしても同じことだ」と言われた。

克義はもう乳をのむ力さえなく、私が胸にだき、何時《いつ》でもほしくなったらのんでおくれ母さんの乳をと、口に乳をつけ、しぼり出すようにしてやると、「ごくん」と一口のんでくれた。

か細い声で泣くこともなく、目をあけることもなく、ねているような小さな可

愛い顔して、あの一口の乳が克義にとっては死に水だった。私は涙も出ない。ただぼうぜんと克義をだいたまま可愛い顔を見つづけていた。

近所の人がきて、

「ハアちゃん、この子は死んどるんじゃあけえ、ねかせてやれ」と言って、こうまいふとんにねかせ、近所の人が持ってきた木箱に入れながら、

「ハアちゃんはまだ若いけえ、養子をもらうにも、この子がおっちゃむつかしいけえ、これで良かったんじゃ」と言われた時、一しゅんほっとした自分。なんとなさけない自分であろうか。私は何を考えていたのだろうか。

泣きながら元気になれと夜中じゅう克義をだいていた。か細い声で泣きながらも私にだかれると泣きやんだ。克義ごめんね、ごめんね、といくら泣いても、どかない。二度と克義の顔さえ見ることができない、どこへ行ってしまったの克義。

あれから五十数年。
日々の暮らしの中で苦しいことの連続。夫に借金をのこされて家出されて、自分ほど苦労している者はいないと思い、他人様のことなどに思いをめぐらす事もできずにいた。
昼夜も働きづめ、夜中に帰ってきて仏前で泣きながら位牌《いはい》を手に取って見ていると、
井上ハツミ長男　克義　一歳　一九四七年三月一日死亡
と書いてある。
あ、克義のばちがあたっていた。一度も克義のために仏前で手を合わすこともなく、自分の苦しさだけに負けていた。すまなかった。生まれてくるのに父親から差別され、生みの母からもうとまれて、死んでからも経の声も無く、だれからも思いだされずに冷たい地のそこで泣いていただろうに。
小さい地ぞう墓を建てた、父さんや母さんのそばに。毎夜仏だんの前に座って

克義に話しかけている。
「克義の父さんも悪かったって謝っていた。ゆるしてやってな。母ちゃんはもう少し生きて、部落差別をする人の心は貧しい、親子さえにくみ合うことがあるんだということ話さにゃ死に切れんから」
生命の重みははかりにゃかけられん、
本当に生命の重みをかるんじていたのは、
克義君、母ちゃんだったな。

『私の生まれた日』に寄せて

金時鐘　高良留美子　直原弘道　野口豊子

純朴な人間讃歌の詩

金時鐘

部落解放文学賞の入選記録は、井上ハツミさんが持っています。これは図《はか》らずもの記録ではありますが、一位入選だけでも詩部門、識字部門と合わせてたしか7回をかぞえているはずです。応募回数に制限がない部落解放文学賞の特質が実らせた成果だともいえますけど、それほどにも井上ハツミさんの応募回数は抜きんでて多かったということの表れでもあります。

毎回といっていいほど、詩部門の最終選考には井上ハツミさんの作品が残っていました。残った以上審査せねばならず、審査をすれば受賞候補から外《はず》すわけにはいかない内容と質の自己語りが、被差別部落の今に至る喘《あえ》ぎとなってそくそくと息づいていました。ところが選考委員のひとりの私としては、賞が特定の人に片寄る感じの形になっていくことには早くから気が咎めていました。ようやく識字学級で取り戻した文字を瓶《つるべ》にして、汲めども尽きない泉のように部落で生を享けた者の思いのほどを書きつづけている井上ハツミさんの、まことに得がたい石清水《いわしみず》のような述懐の詩はその都度の応募作品として扱うよりも、むしろ一冊の本にまとめて上げるべきではないだろうかと数年来提案してきた私でもありました。

その井上ハツミさんの書かれたものが、この度一冊の作品集となって世間の光のなかへ出てきたのです。これはけっして小さい出来事ではありません。場合によっては人権意識や社会認識にかつてなかった波動を揺り起こしかねないほどの、純朴な人間讃歌がこもっている本の出現です。現に私は『私の生まれた日』のゲラ刷りを読み返しながら、何度も活字がうるんで目を閉じざるをえなかったほどでした。単に感銘ぶかかったとか、感動したといったような感想の域の話ではなくて、垢じみた自分の心情が洗われていったのをまざまざと覚えたということです。

口を開けば人権、差別を言挙げしてきた自分の蓄えがいかに常識的で皮相なものであったかを、ハツミさんの生い立ちの記は息を呑むほどの迫真力で、部落差別の実相を突き付けてきました。それも淡々とした語り口の、至って簡素な筆致でです。日々貶《おとし》められてその日その日をつないで暮らしていながら、いじけもせず、卑屈にもならず、身の上を嘆くくどさもだぶりもない簡明な描写。人生半ばにして読み書きを識字学級で習ったという井上ハツミさんの、このたしかな表現力はどこから湧いてくるものなのでしょう。同じ憶い出語りの口調でありながらセンテンスを短く区切ってつなげば詩になるというのも、ハツミさんの自制がくどくどしい説明をとことん省《はぶ》いていっているからです。描きだされるものはそれだけ、くっきり浮かび上がってきます。ハツミさんの「お父さん」像はその良い例のひとつです。

「お父さん」といっても実際は二歳のとき亡くなった父の姉の夫のことです。三歳で孤子《みなしご》となったハツミさんは、叔母の家に引き取られて養女となったのですが、実の父子《おやこ》も及ばないほどの愛情で深く結ばれ合った二人でした。そのお父さんは経てきた職種を拾いだすだけでも胸がつまるほどの、極貧の暮らしを背たろうている働き者の父です。それでいてどうしてこうも人はやさしくなれるのかと首をかしげるぐらい、控え目で心あたたかいお父さんでした。30ページに載っている詩「こうりゃきびうまかったあ」を読むだけでも、部落で生きとおしている人の潜《ひそ》めた誇りに打たれることでしょう。貧乏はつらいことですが、貧乏だからこそ通じ合える関係もあります。いたいけなハッちゃんを可愛がってくれていた屑鉄仕切り屋の青木さん。見習いのハツミよりも賃金が低かったという「糸取り女工」の金さん。二人とものびやかで気立ての良い朝鮮人であったことが、同族のひとりとしてなんとも嬉しくてなりません。

改めて思います。井上ハツミさんの素朴で豊かな言語表現を。たどたどしいしいはずの文字ことばで、どうしてこうも言葉を澱《よど》みなく紡《つむ》げるのかと。そうして思い当たるのです。井上ハツミは選ばれた人に違いないと。無慈悲な蔑《さげす》みと貧窮に喘いだ部落史の闇から、いまだ浮かばれないあまたの祖霊が選びだした、部落の今を告げる語部《かたりべ》なのだと。無機質な電子情報に明け暮れている子どもたちの、乾いた心が痛んでならない多くの先生方、いかな演説よりも、講演よりも、『私の生まれた日』は心に沁《し》みる生きた教材です。副教材にでもして、どうか子どもたちに読ませてやってください。そして心ある教科書編集者の目にも、届いていってくれることを念じてやみません。

井上ハツミさんの詩と表現——鮮やかな細部と、思いやりという部落の文化

高良留美子

井上ハツミさんの詩「頭がいたくなる」が第17回の部落解放文学賞の詩部門に入選したのは、たしか一九九〇年代の初めごろのことだった。ピンク色にそまり米の字の残るズロースのイメージの鮮烈さに、わたしは驚嘆した。そして小学校六年のとき、帯芯で作った洋服を着てきてクラス中からいじめられた一人の友だちのことを思い出した。ひどいと思いながらそれにたいして何もできなかった自分のうしろめたさと共に。

井上ハツミさんの詩の特徴の一つは、これまで書かれたことのないこのような鮮やかな細部の表現にある。小学生の女の子が身体検査に着ていく下着のことなどで感じる恥ずかしさはわたしも経験しているが、それを書くことに踏み切ることは、誰にで

もできることではない。生まれをのろったり親のせいにしたり地域を恥じたりなど、井上さんが実に苦しい道をたどったことが、この本をよむと水がしみこむようにわかってくる。

井上さんは暮らしのなかで経験したさまざまなことを、決して忘れない。それが自分の生きたあかしだから、忘れないのだと思う。その記憶の芯にあるものこそが、あの鮮烈な細部なのだ。

詩「ピカドン」では、原爆による白血病で死んだ従姉の勝子が結核だと思われて婚家の倉で寝ていた様子を、〈本家もはなれ座敷も大きいのに／牛小屋のとなりの倉に／二枚の畳、うすいふとんにねかされ／ぼんの中にゃ／めしとミソ汁、つけ物二切れ／めしは　かとうなっていた〉と書いている。その背後にも婚家の部落差別がある。

井上さんはうれしいことも悲しいことも、実にていねいに人生を生きている。だから怒りの感情は——差別があるため相手にいえないことが多いのだが——率直で、喜びの表現はとても美しい。たまにしか行けない学校で唱歌を歌うと先生にひと言だけ声をかけられ、〈うちは、／この先生大好き／私に話しかけてくれたから〉と書いている。

八歳のとき目の見えないおばあさんに教わりながら初めて打ったうどんは短く切れてしまったが、お父さんが喜んでおかわりまでしてくれ、それ以来お小遣いが六銭たまるとうどんを打ってきたことなどを書いた「手打ちうどん」は、本当に心温まる詩である。

このお父さん（育ての父）の人柄と愛情が全篇を通じて浮かび上がってくるのも、この本の良さだと思う。「こうりゃきびうまかったあ」は、墓そうじをした帰りによその畠のトウモロコシを二つ盗んで帰ると父に見つかり〈ごせんぞさまがないとる〉と叱られて、返しにいく話である。父は娘を叱るだけでなく、罰があたったこうりゃんは身につかないがこのこうりゃんはあちゃんの身につき知恵になる、と教えてくれ、ハツミさんも、あの時父さんが何もいわずにこうりゃんを食べていたら、わたしの身にはつかなかった、と反省する。畠仕事をしていたおじさんも、みんな汗水たらして畠の草をとってこうしてつくっているんじゃ。こんどからどこの畠のものも盗んじゃいかん。今日のことは大目にみてこらえてやるからそのこうりゃんもってかえれ、といってもう一つ加えてくれる。〈こうりゃん三つになった〉という言葉には、うれしさがはじけている。

「盗みはいけない」という上からの道徳観ではなく、人への思いやりという一番大切な倫理がお父さんやおじさんの身についていて、それが自然に娘にも伝わっていくのだ。その父は昼食を抜いてまでトラホームにかかった娘を目医者に通わせてくれ、娘は電車賃を節約しようと二時間もかけて歩いていく。やがて父は娘をいじめる後妻と、夫婦仲はよかったのに別れてしまう。父のやさしさは仏飯をかじるねずみにまで及んでいる。

人が死ぬとその棺桶をかつぐ仕事をしていたお父さんには、人や生きものの生と死についての思いが深かったのだろう。

お父さんもハツミさんも村の人たちも、自分たちと同じような人たち、自分たちより苦しい人たちへの思いやりがとても深い。隣のおばばは、乳飲み子を背負って幼い娘の手をひき片手に三味線をかかえた門付けの母子づれを仕事場に誘い、今夜皆で母子の芸を見にくるように子どもらに触れて歩かせる。夫が病死して一座が解散したため、生まれた村に帰ろうと門付けして糊口をしのぎ野宿までしてここまできたという。おばばは母子のために心ざしを集め、暖かいコタツで寝かせてあげ、竹の皮に包んだおにぎりを渡して送りだす。何もあげるもののないハツミさんは、橋まで送っていく。女の子にサヨナラというと、女の子もサヨナラと笑って答えてくれた（「門付け」）。部落の人たちは昔から旅芸人をこのように受け入れ、送りだしてきたのだろう。

こういう人へのやさしさは、「糸取り女工」に描かれている朝鮮の金さんとの交流にも流れている。一年前からいる一つ年上の金さんは、糸の持ち方などをていねいに教えてくれた。それでも年末に会社からもらった日当はハツミさんより安く、金一封も少なかった。金さんは会社をやめてやがて結婚するが、ハツミさんはその結婚式にも行っている。〈私にとって／金さんは初めての友だちだった〉とハツミさんは書いている。

30回の識字で入選した「鉄屑ひろいの出会い」は、青木さんという朝鮮の男性と知りあい家の二階をしばらく貸したことを書いている。青木さんは「わしは朝鮮人と言われて差別された。でもここに何年か住んでいる内に気がついた。日本にも、同じように差別されている人がいた。（略）今頃ようわかった。差別する人はなんとも思わず平気で人の心にきずを負わす」といってくれた。「私ら父娘にとって最高の楽しさをもらった」とハツミさんは書いている。

月たらずで生まれて死んだ克義君のことは、井上さんの人生でもっとも悲しい、とり返しのつかないことだったと思う。若いころ親しくなった部落外の男性とのあいだに生まれた赤ん坊は、男性に拒否され、義母（父の後妻）のハツミさんへのいじめのため栄養がわるく未熟児だった。相手の男性が一度だけ赤ん坊を抱いたこと、五十数年経ってかれから電話があり「克義の写真があったら送ってくれないか」といわれたこと、別の人と結婚しても子どもができず、「この世の中でおれの子は克義一人だった。我が子さえ差別したおれは、ばちがあたっていた」といったこと、そして翌年がんで死んだことが、第28回の識字に入選した「生命の重み」に書かれている。「私の流す涙が乳の上につたわって、それを克義は乳といっしょにのんでいた」という細部が、ここでも生きている。

井上さんは父母の墓のそばに小さな地蔵墓を建て、毎夜仏だんの前に座って話しかける。「克義の父さんも悪かったって謝っていた。ゆるしてやってな。部落差別する人の心は貧しい、親子さえにくみ合うことがあるんだということ話さにゃ死に切れんから」と。

『私の生まれた日』からは、部落差別がもたらした不幸な生い立ちや貧しさや心の傷にもかかわらず強く生きてきた井上さんの生きる力と努力と人へのおもいやり、そしてそれを包んでいた父親や部落の人びとのもつ〝文化〟としかいいようのない助け合いや教えがにじみでてくる。そして「部落差別する人の心は貧しい」という言葉は、私自身をふくむ日本社会への井上ハツミさんの生涯をかけた批評であり、未来への希望をこめたメッセージだと思う。

「語りべ」としての井上ハツミさん

直原弘道

部落解放文学賞は今年で三十四回の表彰式をむかえます。

このあいだに、詩集『太陽もおれたちのものではないのか』が最初の部落解放詩集とうたわれて一九八〇年に出版され、さらにその十四年後に詩集『風吹きあがる』が部落解放文学賞実行委員会編として世に問われました。

この『風吹き上がる』には、井上ハツミさんの「こうりゃきびうまかったあ」と「頭がいたくなる」という二つの詩がのせられています。そのどちらも、今回の作品集に載せられています。

この詩集『風吹きあがる』の前書きで、今は亡き寺本知さんは、「差別がどれほど酷く被差別民を苦しめてきたことか！　それにもかかわらず、これらの作品には、どん底から這いあがってきた人びとの心の輝きと、そのやさしさが、ほとばしるようで、私はいくたびか、涙をぬぐいながら読みとおしました」と書いています。

また、高良留美子さんは、巻末の解説で、「たしかに部落解放にかける運動の熱気、たたかいの熱気のようなものは、前ほど激しいものとしては表れていないかもしれない。しかし一人一人のなか、人びとのあいだに流れている人間解放への熱意は、すこしもその水位を下げてはいない。むしろもっと幅ひろく、水量ゆたかに、未来へむけて流れつづけているように思えるのである。」と書き、「これらの詩のすぐれた特徴は、なによりもまず、豊かな表情をもつ語りとそのリズムにあることを、私はこの度、再確認することができた」と、方言や日常の生活言葉による語りの豊かさに眼をむけています。

これらの、寺本さんや高良さんの言葉は、今回の井上ハツミさんの作品集そのものへの批評としてもふさわしいものであろうとわたしは思います。

わたしにとって、井上ハツミさんが「気になる」書き手として登場してきたのは、

第十七回文学賞（一九九一年）のときからです。

すくなくとも詩の分野では、それ以前に井上さんの応募作品を見た記憶はありません。

しかし、この十七回文学賞において、井上さんは、一挙に、という感じで識字部門と詩部門の両方で入選されました。文学賞としてははじめてのことだったと思います。

当時すでに六十歳代半ばに達していた井上さんは、それ以後、撓(たわ)められた思いを吐き出すように、書きつづけてきました。わたしは毎年の詩の分野における選考のとき、無意識のうちにも井上さんの作品が出ているかどうかを先ず探していたように思います。

もちろん、文学賞の選考は相対的なものだから、全国から送られてくる優れた作品よりも、井上さんが常に上位に立つというわけにはいきません。しかし、井上さんの作品は作品のテーマ（云いたいこと）と方法（語り口）に、一貫して安定した水準を示していることは、確認できたと思います。おそらく、識字部門に出される作品にも同じことが云えるのではないでしょうか。

井上さんの書きつづってきたもの、それは詩であろうと識字作文だろうと、自分の生い立ちや日常の暮らしを見つめることによって、差別の実相にせまる「語り」であること、そして、その「語り」を支えているのは、井上さんの好天性であるとわたしは思います。

井上さんの作品は、詩であれ、散文であれ、強い心にささえられたにんげんとしての言葉と巧まざるポエジーによって読者をひきつけます。

大切なのは、部落内外をとわず、認識の世代間の格差を埋めて、親たちの貧困と差別からの苦しみの歴史、解放へのたたかいのなかで獲得されてきた人間的ゆたかさを次世代に確実に伝承していく、自覚した「語りべ」の役割をあらためて評価することです。その自覚のひろがりは、あるいは一種の整風運動になるかもしれません。

ときたま文学賞を受けて世にでる作品以外の、人目につくことなく埋もれてしまう多くの作品を救いあげることができないものか、と井上さんの作品を中心に、数年前から折々に話しあってきたことが、今回の作品集で実現できたことをよろこびます。

そして、部落解放文学賞の三十年をこえるあゆみは、たくさんの「語りべ」さんたちを生み出してきました。この井上さんの作品集を成功させ、次々と貴重な「語りべ」さんたちの声を、部落解放運動の貴重な財産として世の中にとどけていく最初のステップにしたいものです。

おばあさんの煙

野口豊子

昨年の九月初旬、広島県府中市にお住まいの井上ハツミさんを訪ねた。井上さんの初めての作品集が上梓されることになり、その編集を私が仰せつかってのことであった。

部落解放文学賞は一九七四年、文化・芸術のたたかいの場として設立された。井上さんが初めてこの賞に応募したのは八九年、六二歳のおりであった。自分がおシャカ様と同じ日に生まれたこと、これより部落の中のできごとを思いおこし頑張ってそれを伝える、と記した二百字に満たない「私の生まれた日」がそのときのもので、ここに収められた作品はすべてその後、井上さんが部落解放文学賞に向けて書き綴ってきたものである。

この日の決意どおり井上さんは精力的に作品を書いた。

二年目には、「たきぎひろい」「エッタ風呂」「先生の一言」など八篇を。その翌年には詩部門にもフィールドを広げ、「重たい荷」「識字」など八篇を応募し、うちの一篇「頭がいたくなる」が、詩部門の入選作となった。

へ「ハアちゃん、大阪から電話よ」といわれて、ああやっぱり、詩の入選はまちがいで、だめだったんだなと、少しがっかりして電話をとると、「井上さんの『下駄直し』が識字の部でえらばれているので、入選のよろこびを、原稿用紙三枚に書いて送ってください」といわれて、びっくり〉とは、第一回目の入選に際しての言葉だが、井上さんは応募三年目にして詩部門と識字部門にダブル入選を果たしたのだった。すでに還暦を終えたところから書き始めた井上さんではあったが、表現することへの集中力は並大抵のものではなかったということだろう。

識字で、父や母の生きざまをえぐりだして書くことを教えられた、と井上さんは言う。〈幼いころのひとこまとして、たのしく書こうとはずんで書きだして見たものの、途中で父や母の姿が目にうかび、なんど、エンピツを置いたかわかりません。／仏だんの前で、手をあわせながら、いいのかなあ、父さん母さん、書くよ、父さんだったらこういうてくれる。／「お前が前にむいて歩くのなら、書きつづけていいんだよ」と私が勝手に、一人言。「入選のよろこび」〉と、父さん母さんが生きた苛酷な部落の現実を、自分のことばで生き直すことを決意する。

そうして井上さんは書くことの中に、プライドという筋を一本とおした。「先生の一言」の終わりに〈卒業の時みんな泣いていたけど、うちは、もう二度と学校なんかこんぞ、見たくもないと、うしろもふりむかずに、さっさと校門を後にした〉とある。見事なものだと思う。編集するという私の立場もあって幾たびか読み返しているうち、ふとこれらの作品はハツミさんから父さん（育ての親）へ宛てたオマージュではないかと考える時があった。

「こうりゃきびうまかったあ」において、みんなもとったけえうちもとった、というハアちゃんに「みんなのせいにするな」といましめ、こうりゃきびを三つもちかえったハアちゃんに、「正直者に神やどるじゃ」と諭した父さん。

〈「ハアちゃん長者の万灯より／貧の一灯じゃ心がこもっとったら／あみだ様が見とられる」〉と見えないものへの畏敬《いけい》の念を、「男はおらんでも子どもを生むんじゃけえ」（「屑鉄ひろいの出会い」）という心ない中傷に対してさえ、「ハアちゃん、負けて勝つということもあるでな」と、他人の痛みを思いやる術《すべ》を授ける。人生のふしめふしめにおいて人としての道を説き示した父さんの背中を、ハツミさんはしっかり見て育ったのだろう。バスの車掌をしていたときのことを書いた「私の青春」において、雪道を下りながら見た、人を焼く煙とおばあさんを回想するくだりは、涙がにじむほどに美しい。

「屑鉄ひろいの出会い」が30回目の部落解放文学賞の識字部門で入選したとき井上さんは、〈識字生にとって、学ぶことは生きることであり、世の中を見定める武器であることをきもにめいじ、頑張りたいと願っています〉とコメントした。

部落と差別、深く重いテーマであるが、そこで体験したことだけを書いているだけではたりない、と井上さんは考えているようだ。

私の生まれた日
うたとことば
井上ハツミ

2008年7月6日　初版第1刷発行
2009年3月1日　初版第2刷発行

著　者　井上ハツミ
発　行　もず工房
　　　　大阪市中央区安堂寺町2-4-16-403
発売元　（株）解放出版社
　　　　大阪市浪速区久保吉1-6-12
　　　　ＴＥＬ06（6561）5273　ＦＡＸ06（6568）7166
　　　　東京営業所　東京都千代田区神田人保町1-9　稲垣ビル8F
　　　　ＴＥＬ03（3291）7586　ＦＡＸ03（3293）1706

印刷製本　亜細亜印刷株式会社

ISBN978-4-7592-5032-9　C0092
乱丁・落丁おとりかえします。定価はカバーに表示しています。